脅迫

ペニー・ジョーダン

大沢　晶訳

DESIRE NEVER CHANGES

by Penny Jordan

Published by Harlequin Japan,
a Division of K.K. HarperCollins Japan, 2024

ペニー・ジョーダン

1946年にイギリスのランカシャーに生まれ、10代で引っ越したチェシャーに生涯暮らした。学校を卒業して銀行に勤めていた頃に夫からタイプライターを贈られ、執筆をスタート。以前から大ファンだったハーレクインに原稿を送ったところ、1作目にして編集者の目に留まり、デビューが決まったという天性の作家だった。2011年12月、がんのため65歳の若さで生涯を閉じる。晩年は病にあっても果敢に執筆を続け、同年10月に書き上げた『純愛の城』が遺作となった。

◆主要登場人物

サマー・マクドナルド……………コンピューター・プログラマー。
サー・ダンカン・マクドナルド……サマーの父親。石油王。
アンドルー・ホリスター…………サマーの婚約者。
ジュディス・バーンズ……………アンドルーの同僚。
チェイス・ロリマー………………テレビ局役員。
ヘレナ………………………………チェイスの双子の妹。
クランシー・ウィリアムズ………チェイスの昔の恋人。女優。

1

「大丈夫だったら！　心配しないでよ、パパ」

左右の頬に愛らしいえくぼを浮かべた娘の顔を、サー・ダンカン・マクドナルドは多少の危惧（きぐ）を込めてしみじみと眺めた。雪のように白い肌、つややかな黒髪、気分しだいでグレーからアメジスト色の間を微妙に変化する目の色。やはりサマーは紛れもないケルト民族の血を受け継いでいる。サマーが全寮制の女学校を卒業してスコットランドに帰ってきて三カ月。サー・ダンカンは自分の独り娘が〝女の子〟から〝女性〟への急速な変身を遂げたがっていることに、かなりのとまどいを感じていた。

最初のショックは、娘からアンドルー・ホリスターとの婚約を聞かされたときだった。十八歳で結婚を考えるのは早すぎるのではないだろうか。だが、サマーは、自分の母親も十八歳で結婚し、十九の年には自分を産んでいたと切り返してきた。妻がサマーの弟を出産し、その子ともども帰らぬ人になってから十年が過ぎたが、サー・ダンカンはいまだにそのときの苦しみを忘れきれずにいた。カトリオーナ・セフトンと結婚した当時の彼は、ハイランド地方には珍しくもない没落領主の一人にすぎなかった。しかし、今や彼は妻の旧姓に因んで名づけたセフトン石油のオーナーとして国内の北部経済を一手に支配するまでになっている。その莫大な財産はゆくゆく、そっくりサマーに受け継がせるつもりなのだが……。彼は興奮と期待に輝いている娘の顔を見て小さなため息をついた。

　パパはやっぱり、私とアンドルーの婚約に心から賛成してはいないのかしら。サマーの目は一瞬、父へのかすかないらだちを表して鮮やかな紫色の光を放ったが、彼女はすぐに自分をしかりつけた。愛すればこそ、パパは私の将来を案じてくれているのだし、私もパパを愛しているからこそ、十九歳になるまで結婚式は挙げないと約束したんだわ。でも、私とアンドルーの気持が永久に変わらないということは、私たち自身が誰よりも知っているのに……。

　出発便の搭乗案内に気を配りながら、サマーはアンドルーとの運命的な出会いを思い返してかすかな笑みを浮かべた。去年のクリスマス、同級生のクレアから家族旅行に招待されてジャージー島に行ったのが、すべての始まりだった。泊まったホテルの副支配人をしているアンドルーと初めて目が合ったときから……。彼女は膝の上の左手に輝いている小さなダイヤモンドの指輪に視線を落とし、こみ上げてくる幸せを改めて噛み締めた。プロポーズされたのは、この春のイースター休暇に再びジャージー島へ行ったときだ。この指輪をはめてもらったときの情熱的なキスは今でも忘れられないが、アンドルーは同時に、六歳下の私を兄のような優しい心で愛してくれている。大人の男女関係を結ぶのは正式に結婚するまで待とうと約束してくれたのも、そんな優しさの現れの一つだろう。彼はまた、人生の将来計画も今からしっかり見定めている。彼の最終的な目標は、カリブ海のどこかの高級リゾート地に自分のホテルを持つことだ――「このエルミタージュホテル系列の店がバルバドス島にもあるから、現地修業のために転勤願いを出してみようと思っているんだ。新婚生活をカリブ海でスタートさせるなんて、最高だろう？」

そのとおりだと、あのときは思ったものの、アバディーンの父のもとに戻って三カ月を暮らした今は、再び父を一人きりにして遠くへ行くことに良心の痛みを感じるようになったのも事実だ。立場上、父は自宅で来客を接待する機会も多く、そういう場合のホステス役として、すっかり娘を当てにするようになっているのだ。古くから働いている家政婦のマクロード夫人まで、最近は何かにつけて相談を持ちかけてくるようになった。できれば、実家からあまり遠くないところでアンドルーとの新居が持てれば、それに越したことはないのだが……。

ジャージー島行きの搭乗アナウンスが始まったのに気づいて、サマーは勢いよく立ち上がった。「じゃあ、行ってまいります、パパ」彼女は首を伸ばして父の頬にキスした。「お願いだから心配しないで。パパを心配させるような無分別なことは絶対にしないわ。だって私、もう一人前の大人なのよ」

サー・ダンカンは笑顔で娘を見送ったものの、その笑みは少しぎごちなかった。なぜ娘の幸せを心から祝福してやる気になれないのだろう。ひそかに私立探偵を雇って調べさせた結果、相手の男が給料以外に何の財産も持っていないことがわかったからだろうか。しかし、私自身、かつてはそれに近い状態だったではないか。そのほかには、ホリスターの身上について特に不審な点も見つからなかったのに、なぜ……。彼は沈んだ顔でかぶりを振りながら、空港ロビーの雑踏の中をゆっくりと出口に向かった。

飛行機の指定座席に腰を落ち着けるころ、サマーの心は早くもアンドルーのもとへ飛んでいた。結婚はあと九カ月先まで延期せざるを得ないと知って、彼はさぞがっかりしているだろうが、きちんと事情を説明しさえすれば、快く納得してくれるに違いない。そこがまた、彼のすてきなところだ。常に他人の立場を思いやり、澄んだ目に穏やかで優しい光を絶やしたことのないアンドルー……。

サマーはうっとりと目をつぶり、愛する人の姿をまぶたの裏に思い描いた。カールした金髪。ハンサムな顔立ち。筋骨たくましい体。背丈は父よりも五センチほど低い百八十センチ程度だが、百六十五センチに少し欠ける私とは、ちょうど釣り合いが取れている。けれど、彼は私のどこを気に入ってくれたのだろう。私は人目を引くような美人でもなければ、グラマーな曲線美の持ち主でもない。肌の白いのは取り柄のうちに入るのかもしれないが、白すぎて、不用意に直射日光を浴びていると、たちまち火ぶくれを起こしてしまう。

アンドルーは私より数倍も魅力的な女性をたくさん知っているはずなのに、なぜ、よりによって私を……。

〝自分を過小評価するのが、あなたの欠点だわ〟

不意に親友のクレアの口癖が耳もとによみがえり、サマーは苦笑しながら目を開けた。アンドルーと巡り合う機会を作ってくれたのも彼女だ。クレアの言うとおりかもしれない。周囲にどれほど魅力的な美女が群がっていようと、アンドルーはこの私を愛してくれたのだ。それが夢ではない証拠に、今、こうして……。サマーはまたもや自分の左手に目を落とし、慎ましい光を放つ小さなダイヤの指輪を見つめてそっとほほ笑んだ。

確かにアンドルーと出会って以来、サマーは少しずつ自分に自信を持つようになってきたものの、どんな場面でも臆することなく、しかも華やかな女らしさを誇示して振る舞える女性――例えば、ジュディス・バーンズのような女性と肩を並べるなど、まだまだ思いもよらないことだった。

ジュディスはアンドルーの働いているホテルでフロント主任を務める長身で金髪の美女だ。どんなときでも顔には入念でエレガントなメーキャップをほどこし、着る物にもすばらしいセンスの良さがうかがえる。そのジュディスから、なぜ毛ぎらいされているのか、サマーにはわけがわからなかった。面と向かってきらいだと言われたことはないが、彼女の視線や言葉の端々に、はっきりとした敵意が感じられるのだ。そのことを一度、おそるおそるアンドルーに打ち明けてみたこともあるが、彼は「ジュディスは男にしか興味がないのさ」と、笑いとばした。クレアのほうは、もっと率直に「要するに、男たらしなのよ、彼女は」と、言っている。

フランス北部のノルマンディーに近いジャージー島への旅は一時間少々で終わったが、空港に照りつける夏の日差しはスコットランドより数倍も強烈に感じられた。アンドルーが迎えに来てくれる約束だったのに、手荷物を受け取るころになっても、彼の姿はいっこうに見えない。代わって、サマーの前につかつかと歩み寄ったのは、真っ白なバミューダに真っ白なタンクトップといういで立ちのジュディス・バーンズだった。

「どうか、荷物はご自分で運んでちょうだいな」開口一番、ジュディスは駐車場に停めた白いスポーツカーに向けて顎をしゃくりながら鋭い声で言った。「私、アンドルーに頼まれて迎えには来たけれど、ポーター役まで引き受けた覚えはないの」彼女は冷たいブルーの目に露骨な嘲笑を浮かべて二個の大型スーツケースを見下ろした。「おやまあ、ごたいそうな荷物だこと。衣装の多さでアンドルーを眩惑しようと思ったの？　生まれたままの体こそ、男の人にはごちそうなんだけれど、ま、あなたの場合には服で着飾りたくなるのも無理ないでしょうね」

ケルト民族の血と、誇り高いマクドナルド家の血がサマーの中で怒りの叫び声をあげたが、彼女は必死で自分をなだめながら、重いスーツケースを一つずつ、黙々と車のトランクに運び込んだ。

駐車場を出るやいなや、ジュディスは曲がりくねった細い道路を猛スピードで飛ばし始めた。サマーの体は何度も左右に振られ、彼女は座席の隅にしっかりとしがみついていた。「怖いの？」けたたましくタイヤをきしませてカーブを曲がりながら、ジュディスが愉快そうにせせら笑った。「これぐらいのスピードを怖がるような気の弱さで、どうしてアンドルーの心をつなぎとめておけると思うの？　子どもは子どもらしく、お人形遊びでもしていればいいのに」

イースターで来たときまでは、曲がりなりにもホテル従業員としての礼儀をわきまえて振る舞っていたジュディスなのに、今回はどうしたことだろう。サマーは危うくそれを口に出して詰問しそうになったが、すんでのところで思いとどまったのは、以前、父から聞かされた言葉を思い出したからだ。

〝マクドナルド家の人間は、昔から短気で損ばかりしてきたものだよ。いいか、サマー、かっとなってもすぐにしゃべってはいかんぞ。一から十まで、ゆっくり数を数えながら、ようく考えるんだ〟

その忠告どおりに数を数えているうちに、サマーは自分が怒りを見せれば見せるほどジュディスを喜ばせるだけだと悟り、後は何を言われても聞こえないふりをして押しとおした。

アンドルーが副支配人を務めるエルミタージュホテルはジャージー島を含むチャンネル諸島の中でも屈指のホテルと言われ、島内の一等地に広大な敷地と専用海岸を持って大勢の保養客を集めている。サマーがジュディスに先導されて正面玄関へと歩いていったときも、屋外プールの方角から人々の陽気な歓声と水しぶきが盛んに聞こえていた。

ホテルのフロントにはサマーにとって初対面の新入りらしい娘が座っていたが、ジュディスはその娘を完全に無視してカウンターの中に入り、取ってつけたような笑顔でサマーに向き直った。「こちらがお部屋の鍵(かぎ)でございます。お荷物は追って誰かに運ばせますわ」

ただし、〝追って〟というのは、自分の気が向いたときだと、彼女の目は語っていた。

これがホテルで最上級の部屋を予約した客に対する扱いだろうか。サマーは再び一から十まで胸の中で数える必要に迫られた。どうにか気を取り直し、なるべく淡々とした声を作ってたずねる。「どこに行けばアンドルーに会えるのか教えていただけて？　無事に着いたということだけでも知らせたいの」

「彼は今、休憩時間中です」と、ジュディスは冷たく言った。「従業員室へのお客さまの立ち入りはご遠慮いただいておりますので、彼が勤務に戻りましたら私からお伝えしておきますわ」

ここで議論を始めてもますます悔しい思いをするだけだと察し、サマーは無言で鍵を受け取ってエレベーターに向かった。エレベーターの前には先客が一人――デニムのショートパンツをはいた長身の男性が立っていた。デニムの色は、かつて淡いブルーだったようだが、太陽と塩に焼かれすぎたせいか、今ではかすかに青みをとどめたグレーに変色している。ショートパンツの上は、文字どおり裸だ。たくましく日焼けした厚い胸を、濃い胸毛がT字形に覆っている。急いで目をそらしたサマーは、冷やかし半分のような低い口笛を聞いて、はっとしながら再び向き直った。冷たい緑の目が一瞬、彼女の灰色の目をのぞき込み、そして、いとも楽しげに彼女の全身を眺め回した。

ちょうどそのとき、エレベーターのドアが開かなかったとしたら、サマーは怒りと不安で悲鳴をあげていたかもしれない。救われた思いでエレベーターに乗り込んだのも束の間、ドアが閉まったとたん、彼女はこの見知らぬ男と二人きり、狭い密室に自ら閉じこもってしまった愚かさを思い知った。今度こそ断固として顔を背け続けてはいても、翡翠の色そっくりの目から鋭い視線が注がれていることは、肌に痛いほどよくわかる。もちろん、私のどこかに魅力を感じてのことではないだろう。こんなふうに意味ありげに見つめることで私を振り向かせ、自分の男性としての魅力をひけらかすのがねらいに違いない。あのジュディスのような女性なら、自分から流し目を与えて彼の気を引こうとするだろうけれど、私は……この私は……。

エレベーターが止まってドアが開くと、サマーは小さな安堵の吐息をつきながら廊下に出たが、同乗者の部屋も同じ階だと見えて、ゆったりとした足音が後ろに続いてくる。目的のドアの前にたどり着くころ、サマーは自分でも理由のわからない緊張で膝がわなわなと震えるのを感じていた。手も冷たくしびれ、ドアの鍵穴に差し込もうとした鍵が指の間をすり抜けて床に落ちてしまった。後ろを歩いてきた足がぴたりと止まり、長い指で鍵を拾い上げて彼女の代わりに鍵穴へと差し込んだ。

次の瞬間、サマーは驚きのあまり目を大きく見張り、瞳の色も紫を通り越して黒と見まがうばかりになった。不意に正面に向き直った男が、彼女の黒髪を平然とかき上げて耳の後ろに指を当てたのだ。

「な、何をするの？」ようやく出てきた声は、ひどくかすれて弱々しかった。

「ねんねの娘は耳が湿っているって言うだろう？　本当かどうか、確かめてみたのさ」彼は少し下げた指先をサマーの首筋に当てたまま軽く笑った。年はアンドルーより四、五歳上だろうか。「こんな子どもを一人で旅行に出す親の顔が見てみたいよ」

ありがたいことに、彼はそのまま手を放して立ち去り、サマーは部屋に飛び込んで大急ぎで鍵をかけた。だが、崩れるようにベッドに倒れ込んだ後も、耳から首筋にかけて焼けつくような痛みが走り、体全体に異様な熱を送り込んでいた。〝ねんねの娘〟というあざけりの言葉が何度も耳にこだました。私がいまだに処女だということを、あの男は一目で見抜いたのだろうか。でも、処女であるというだけで、なぜ人からあざけられなくてはいけないのだろう。あのアンドルーでさえ、最初は私の言うことを信じたくないような顔をした。言葉では聞かなくとも、彼の落胆は手に取るようにわかった。もちろん、アンドルーはすぐに優しく抱き締めて、「それでいいんだよ。何も心配することはない」と、励ましてくれたから、彼の愛を信じて安心していたのだけれど、今の出来事で、またもや不安がくすぶり始めてしまった。私が教えられ、固く信じてきたことによれば、処女こそ、女性が最愛の男性にささげる最も大切な贈り物のはずなのに。

サマーは固く目を閉じ、愛するアンドルーの顔を思い浮かべることで不安を払いのけようとした。しかし、なぜか、まぶたに浮かんでくるのはアンドルーと似ても似つかない顔だった。黒い豊かな髪、翡翠のような目の色、冷笑を浮かべた唇……。

サマーは不意に起き上がり、ルームサービスで紅茶を注文してから窓辺に歩み寄った。バルコニーの真下には広いテニスコートとプールが続き、その向こうには手入れのゆき届いた庭を隔てて、信じられないほど青く澄みきった海が広がっている。それぞれの遊びに興じて楽しそうな歓声をあげている保養客の姿を見ているうちに、いったん静まりかけた心が再び落ち着かなくなった。こういう場所に来て、しかつめらしくスーツを着込んでいるのは私一人らしい。早く着替えたいのだけれど、ジュディスはいつになったら荷物を届けてくれるのだろう。

ルームサービスの紅茶がきたころになっても、二個のスーツケースはいっこうに届く気配がなく、サマーはしびれを切らしてフロントに電話をかけてみた。幸い、電話に出たのは先刻見かけた若いほうのフロント係だ。「すぐにお届けします」という愛想の良い返事に勇気づけられ、サマーはついでにアンドルーの居場所もたずねてみたが、それに対しては「さあ……たぶん事務室だと思いますが……」という、あいまいな返事しかもらえなかった。

アンドルーは私と付き合ってくれるために三日ばかり休暇を取ると言っていたから、今はことのほか仕事に追われているのだろう。急にいとおしさがこみ上げた。彼の胸に抱かれて優しくキスしてもらいさえすれば、いやなことはすべて――行きずりの男性にまで嘲笑された悔しさも、すぐに消えて幸せな気分になれるに違いない。

軽いノックに続いて、待ちに待った声がドアの外に聞こえたのは、それから二時間近くたってからだ。サマーはようやく届いた荷物の整理もすっかり終え、黄色のTシャツとスカートに着替えて、紅茶の残りを所在なく飲み終えたところだった。

「僕だよ、ダーリン。開けておくれ」

「アンドルー!」サマーは勢いよくドアを開けて恋人の胸に飛び込み、キスを求めて上を向いた。

「まず、部屋に入れてくれよ。これでも僕は勤務中なんだぞ」と、アンドルーは笑いながら言ったが、その笑みはどこか硬く、部屋に入った後もサマーを抱き寄せる気配はいっこうに見せなかった。軽い失望が彼女の胸をよぎった。

「なぜ空港に来てくれなかったの？」

「着いた早々、もう不平かい？」いつものアンドルーとも思えない迷惑そうな口ぶりだ。サマーがわっと泣き出したくなったとき、彼は申し訳なさそうに顔をしかめて素早く言葉を補った。「ごめん。このところ残業続きで疲れてるものだから、つい八つ当たりしてしまったんだよ。仕事の手が離せなかったとはいえ、迎えに行けなくて悪かったね」

まだ歓迎のキスさえしてくれないのも、やはり疲れすぎているせいだろうか。例えば、さっきのあの男性なら、どんなに疲れていても真っ先に恋人を抱き締めて……。「私こそ、わがままを言ってごめんなさい」サマーは急いで雑念を追い払い、父に宣言したような一人前の大人にふさわしい声を作った。「積もる話は、夕食のときの楽しみに取っておけばいいんですものね」

するとアンドルーは横の電気スタンドに手を伸ばして傘の具合を調整し始めた。「悪いんだが、サマー、今夜はどうしても抜けられない会議があって、総支配人の部屋に呼ばれているんだよ。それに、君も長旅で疲れているだろうから、話は明日ということにして、今夜は早めに休んだらどうだい？」

たった一時間程度の旅では疲れる暇もなかったと言う代わりに、サマーはまたもや泣きたくなった自分をしかりつけて素直にうなずいた。だが、唇の端にあまりにもあっさりとキスしただけでアンドルーが立ち去った後、彼女は肩を落として窓の外を見下ろす以外、何をする気力も失っていた。アンドルーにはアンドルーの事情があり、仕事があるのだと頭ではわかっていても、感激的な再会の場面への期待が大きかっただけに、どうしようもない寂しさ、空しさが胸の中に吹き荒れる。これぐらいのことでめそめそしているようでは、誰にも大人だと認めてもらえないと、必死で自分に言い聞かせ、どうにか気を取り直すまでに、ずいぶん時間がかかってしまった。ふと腕時計を見ると、そろそろ夕方の六時になろうとしている。気分転換に外の空気を吸いに行ってみようかしら。

先刻まで陽気に遊んでいた人々は夕食の着替えのために部屋へ引き揚げたと見え、戸外はすでに閑散としていた。プールの辺りにも人気はなく、青い水を切って力強いクロールで泳いでいる人影が一つ見えるだけだ。しかし、それがエレベーターで会った例の男性だとわかったとたん、サマーはプールへ向かいかけていた足を反転させて、低木の茂った庭の奥へと進んでいった。

ゆっくりと小道を歩きながらも、頭に浮かぶのはやはりアンドルーのことばかりだった。いくら愛し合っている同士でも、離れ離れに暮らしていると、ささいなことで波長が食い違ってしまうのだろうか。それならいっそ、今すぐ結婚してしまいたいぐらいだけれど、パパの気持を考えると……。

まだ一度も顔を合わせていない父とアンドルーが互いを気に入るかどうかは、このところのサマーの主な心配事の種になっていた。もっとも、アンドルー側の気持については心配無用だ。学校卒業と同時に結婚したいというサマーの希望をサー・ダンカンが退けたときも、彼は「父親にしてみれば無理もないことだよ」と、理解を示し、わからず屋の父に対して腹を立てたサマーを穏やかにたしなめたほどだ。彼女の気がかりは、もっぱら父のほうだった。口には全く出さないけれど、どうもアンドルーに対して好感情を抱いてくれていないような気がする。しかも、単に〝花嫁の父〟に共通の感傷のせいではなく、アンドルーという人物そのものに対して、何か気に入らないふしがあるらしいのだ。なぜだろう。まだ一度も会っていないのに、なぜ父は……。

崖の下の浜辺と海を眺めながら一時間以上も庭の散策を続けた後、サマーはようやくきびすを返してホテルに戻った。緯度が低いせいか、アバディーンと比べてたそがれの訪れがずいぶん早い感じだ。

フロントにはジュディスが立っていて、カウンター越しに泊まり客の一人と話をしている。よく見ると、それは先刻の例の男性だった。今は白のオープンシャツに黒ズボンというで立ちだが、細身のズボンのせいで、長い脚がいっそう長く見える。サマーはさりげなく戸口の暗がりに身を隠してフロントの二人を見守った。これぐらい離れていても、彼の視線がジュディスの胸の辺りをほれぼれと眺めていること、ジュディスのほうも明らかな賞賛の流し目で応えていることは手に取るようにわかった。

その男性がカウンターを離れて玄関の外の夕暮れの中に出ていった後、ジュディスはフロントへ歩み寄ったサマーを見て冷たい笑みを浮かべた。

「今の人、見たでしょう?」彼女はサマーの部屋の鍵を渡しながら言った。「あなたのようなおちびさんにはわからないでしょうけど、ああいうのが男の中の男よ。後学のために覚えておくといいわ」

「このホテルに泊まっている人なの?」サマーはさりげなく探りを入れてみた。

「チェイス・ロリマーよ、名前は。職業は写真家。ここにはもう三週間も泊まって仕事をしているわ。もっとも美女をビキニ姿にして写真を撮るのが〝仕事〟のうちに入るならね」ジュディスはセクシーな含み笑いをした。「たぶん、夜もせっせと〝お仕事〟に励んでいるんでしょうよ――ベッドの中で、昼間のモデルと。でも、モデルたちは昨日、全員でロンドンに引き揚げてしまったから、これから先はどうするつもりなのかしら。もし頼まれたら、私がモデルになってあげてもいいんだけれど……」彼女は薄笑いを浮かべながらサマーの全身をじろじろと眺め回した。「良かれ悪しかれ、あなたにお声がかかる心配はないわね。そもそも、あなたみたいにおもしろみのない子は、一生、どんな男からも声をかけてもらえないでしょうよ」

「結構よ。私にはもう、アンドルーという未来の夫が決まっているんですもの」サマーが悔しさを懸命に抑えて淡々と言うと、ジュディスはまたもや皮肉たっぷりの冷笑で応酬してきた。

「でも、そのアンドルーは、まだ一度もあなたを抱いてくれないんでしょう？　抱く気も起こらないのよね、きっと。たとえ結婚までこぎつけたとしても、先が思いやられるわ、かわいそうに」

サマーは無造作に軽く肩をすくめてエレベーターに向かったが、ジュディスの言葉に傷ついた胸は一秒ごとに痛みを増していた。結婚するまで男女の関係は持たないとアンドルーが約束してくれたのは、彼の思いやりというより、私の体に魅力を感じないからだろうか。だから、久しぶりに再会しても、あんなおざなりのキスしかしてくれなかったの？　そんなはずはないわ。彼は働きすぎで疲れているのよ。何の魅力も感じない相手を愛することはできないし、私を愛すればこそ、アンドルーは結婚を申し込んでくれたんだわ。

サマーは必死で自分を納得させながら部屋に戻ったが、夕闇（ゆうやみ）の垂れこめた部屋を通り抜けてバルコニーに出ると、またもや言いようのない寂しさが胸をふさいだ。今ごろアバディーンの父は何をしているのだろう。家政婦のマクロード夫人の給仕で、一人きりのわびしい夕食をとっているのだろうか。誰かいい人がいたら、再婚していいのよ、パパ。

しかし、サマーは父が絶対に再婚しないだろうということも知っていた。アンドルーとの結婚を待てと言った父に泣きながら食ってかかった自分を思い出して、彼女は恥ずかしさに頰を染めた。

「いいや、わかりすぎるほどだよ」パパには私の気持なんかわかりっこないと言い放った娘を見つめながら、サー・ダンカンは静かに言った。「おまえのママと恋に落ちたときの気持は今でもよく覚えているし、若者は衝動に駆られて突っ走りやすいということもわかっている。知ってのとおり、おまえは私たちが結婚式を挙げてから十カ月後に生まれたんだが、実はそれよりずっと早く生まれても決して不思議ではなかったんだよ」彼は苦笑のようなものを口もとに浮かべてから、再び真顔に戻って言葉を継いだ。「おまえの気持がわからないからではなく、わかっているからこそ、心配なんだ。どんなに文明が進もうと、絶対に変わらないものはこの世にいくつかあるが、人間の欲望などは、その最たるものだからね。ま、今の若者はいろいろと知識が豊富だから、ある日ひょっこり、私が孫を抱かされて驚くといったようなことは、まずあるまいがな」

思い出を断ち切ったサマーの頬は、さっきよりさらに紅潮の度を増していた。父は私とアンドルーが、もうとっくに実質的な男女の関係を結んだと思っているのだろうか。あの口ぶりからして、父と母の場合、結婚式を待たずに結ばれていたことは間違いないらしいが……。

突然、サマーは矢も盾もたまらずアンドルーに会いたくなった。会議があるということだから今夜は無理にしても、明日はなるべく早く起きて彼の部屋に行こう。従業員用の棟への立ち入りは禁止されているけれど、以前こっそり連れていってもらったことがあるから、部屋の場所はわかっている。起き抜けに私が忍んでいけば、アンドルーはいつもの思いやりや父への配慮を忘れて、ありのままの愛と熱情を見せてくれるかもしれない。

明日への期待に体を熱くしたサマーは、愛するアンドルーの名前をつぶやきながら眠りに落ちた。それなのに、その夜見た夢の中にアンドルーは一度も出てこなかった。代わって、あのエレベーターで会った男が〝ねんねの娘〟と、あざけりを繰り返しながら、子どもを見る目とは全く違った目で彼女を見つめ、日焼けしたたくましい腕を差し伸べてじわじわと迫ってくる。

「だめ……。来ないで！」と、かすれた声でうわ言をつぶやきながら、サマーは月光の差し込むベッドの上で寝返りを打ち続けた。

2

翌朝の六時少し前、サマーはそっと部屋を抜け出した。アンドルーが勤務に就くのは七時だから、今から行けば一時間は彼と二人きりになれる。非常階段を使ってこっそりと従業員室の棟に忍び込み、幸い誰にも見つからずにアンドルーの部屋の前までたどり着くことができた。しかも、幸運なことに、ドアがほんの少し開いたままになっている。汚れたティーカップや皿が置いてあるから、昨夜これを出したときにロックをし忘れたのだろう。

サマーは静かにドアを開け、つま先立ちをして部屋の中に入った。開け放してある浴室のドアが邪魔になって奥は見えないものの、この寝室兼居間の様子はわかっている。広々とした部屋の片側を占領した書棚にステレオや簡易デスクが組み込まれ、小型テレビとベッドは反対側の壁に沿って置いてあるはずだ。清潔感と機能性に富む反面、独り暮らしの男性の部屋に特有な、どこか殺伐とした雰囲気が漂っていることに少し気の毒な感じを受けた覚えがある。

しかし、サマーは数秒後、恋人が独り暮らしのわびしさをかこってなどいないことを、あまりに衝撃的な形で知る結果になった。忍び足で浴室のドアのそばまで行ったとき、彼女は全身の血が凍りつきそうだった。「だめよ、くすぐったいわ」と、抗議しているのは、紛れもないジュディスの声だ。

「いいじゃないか」と、やはり笑いを含んだアンドルーの声がし、ベッドのきしむ音が聞こえた。

いくら未経験なサマーでも、ドアの向こうの光景は容易に想像できた。それを信じまいと必死でかぶりを振ったサマーを、さらに打ちのめすような会話が始まった。先にしゃべり始めたのはジュディスだ。

「あの間抜けな女の子にも、こういうことをして喜ばせてやるつもりなの？」

「まさか」せわしげな息づかいにまじって、しわがれたアンドルーの声が言う。「どんなことをしてやったって、どうせ喜ばないだろうよ。今まで後生大事に処女を守ってきたなんて、きっと不感症なんだろう。あんな子を抱きたがる物好きで奇特な男が、はたしてこの世にいるのかな。僕だって、あの子の親父の金をせしめて君と愛の巣を作るという目標がなかったら、さっさと逃げ出したいところだよ」

「でも、用心なさいよ、アンドルー。いくら不感症でも、あなたの裏切りを悟ったら……」

「悟らせるようなへまはやらないよ――結婚して、あの親父殿の金でカリブ海にホテルを建てるまでは。ホテルの名義を僕のものにしてしまえば、あとはこっちのものさ。あの子が離婚を渋ったとしても、親父がなんとか説得してくれるだろう。娘の私生活が裁判ざたにでもなれば、〝北の石油王〟ご自身の名前に傷がつくからな」

こんなおぞましいことまで聞いてしまう前に立ち去るべきだったとサマーは思った。しかし、今さら逃げ出すことは、誇り高いマクドナルド家の血が許さない。体を切り刻まれるような激しい痛みに耐えながら、彼女は懸命に歯を食いしばってその場に踏みとどまった。

「ああ……」と、アンドルーが大きくあえいだ。「このすばらしい体を僕だけのものにしておきたいよ。だが、あのロリマーも君をねらっているんだろう？　もう誘われたんじゃないのか？」

「いいえ、まだよ、今のところは……あら、妬いてるの？　うれしいわ、ダーリン。でも、あなたがあのちびちゃんのご機嫌を取り結んでいる間ぐらい、私にも自由に遊ばせてよ。女にだって楽しむ権利はあるのよ。例えば……こんな……ふうに……」

会話がとぎれ、二人が互いの名を呼びながらうめく声だけがサマーの耳に突き刺さった。耐えがたい吐き気が込み上げてくる。もう我慢できないと彼女は思った。そして、わき上がった凶暴な怒りの力を借りて浴室のドアをはねのけ、左手のダイヤモンドの指輪を引き抜きながら部屋に踏み込んだ。

指輪はサマーの手を離れ、ぎょっとした顔で振り向いた二人のベッドの上に投げつけられた。化粧気のないジュディスの顔はいつもほど美しく見えない。たぶん五年もすれば、いくら入念に化粧をしても肌の老いは隠せなくなるだろうと思い、サマーは意地悪な喜びを感じた。しかし、五年先のことなど、どうだっていい。問題は今、現在のことだ。

「サ、サマー!」と、すっとんきょうな声を出したアンドルーを、サマーは氷のような目で見つめた。

「しゃべるのは私のほうよ。あなたたちの話は、もうたっぷり聞かせてもらったんですもの。何なら私に気兼ねなんかしないで、今のお楽しみをお続けになれば?」サマーは口の端で冷たくせせら笑った。「あなたの頭の良さには恐れ入ったわ。でも、たった一つだけ、致命的な計算ミスがあったようね、アンドルー。私は不感症じゃないし、結婚まで後生大事に処女を守り抜くつもりもなかったわ。だから今朝、ここへ来たのよ」自分でしゃべっている一語一語がナイフのように胸をえぐったが、彼女は仮面のような冷たい表情を断固として保ったまま、ジュディスへ向けてぞんざいに顎をしゃくった。「その人と、せいぜい楽しく遊んでちょうだいな、アンドルー。私は喜んでゲームから下りるけれど、その人との遊びがあなたにとって値段の高すぎるものにならないことをお祈りしているわね」

血の気を失ったアンドルーの顔と、あからさまな怒りを見せたジュディスの顔から目を背け、サマーは堂々ときびすを返して部屋を立ち去った。

しかし、再び非常階段を使って自分の部屋にたどり着くころ、彼女は自分が悔しさのあまり憤死してしまうのではないかと本気で心配し始めていた。なぜ私がこんな目に遭わなくてはいけないのだろう。自分でも気づいていない何か重大な欠陥があるのだろうか。さっきはあんなにきっぱりと否定したけれど、ひょっとして、私は本当に……不感症の女?
「違うわ!」うめくような声を喉の奥から絞り出した後、サマーは大きく息を吸い込んで背筋を伸ばした。すると、誰にも顔を見られないうちにスコットランドへ逃げ帰りたいと思っていた弱気心がたちまち姿を消し、攻撃的な怒りと復讐(ふくしゅう)の念がわき起こってきた。もしこの場にサー・ダンカンがいて娘の目を見ていたなら、〝まさしくケルト族の娘、わがマクドナルド家の娘だ〟と、改めて感慨を深くしたことだろう。

今の出来事で傷つけられた心はなおも悲鳴をあげて泣き叫んでいたが、サマーはそれに耳を貸すことを拒否して手早く身支度に取りかかり、唇を噛(か)み締めながら一階ロビーに下りていった。フロントでは若いほうの受付嬢が勤務に就いていて、例のチェイス・ロリマーの応対をしている。サマーがカウンターの少し手前で足を止めたとき、交替時間がきたのか、すっかり化粧を整えたジュディスがさっそうとした足取りで現れた。そう言えば、ジュディスはあの写真家に誘われることを期待しているらしい。サマーの胸は突然、早鐘のように打ち始めた。ふと耳を澄ましてみると、写真家はここから遠くないところにあるという小さな入江の場所をフロント係にたずねていた。新入りの娘は困ったように眉を寄せた。「申し訳ございません、ロリマーさま。私はまだ島に不案内なもので……」彼女は助けを求めるように左右を見回したが、ジュディスはちょうどロビーに下りてきたアンドルーと小声で話し込んでいて、後輩の窮地にも知らん顔だ。

サマーは突然、自分でも知らないうちに、いともクールな声でしゃべり始めていた。「そこなら私、知ってるわ」アンドルーが飛び上がるようにして振り向くのが見えた。チェイス・ロリマーのほうは非常にゆっくりと振り向き、昨日と同じ、からかうような目でサマーをしげしげと眺め回した。「私、ちょうど今日、そこへ行こうと思っていたから、よかったら案内してあげてよ。車はあるの？」

「あるよ。時間はどのぐらいかかるんだ？」サマーの申し出に驚いているふうも、取り立てて喜んでいるふうもない、いたってそっけない口調だ。

くじけそうになりながらも、彼女は懸命に冷静さを装い続けた。「そうね、三十分ぐらいかしら」

チェイス・ロリマーは、ちらりと腕時計を見た。「僕はこれからプールへひと泳ぎしに行くところだから、そうだな……一時間したら、ここで落ち合って出発しよう。それでいいかい？」

あっけにとられたようなジュディスの表情を目の隅でとらえながら、サマーは淡々とうなずいてフロントを離れた。アンドルーとジュディスの、あのびっくりした顔！　意地悪な満足感に胸が高鳴った。だが、エレベーターの前まで来たとき、足音もなく追ってきたジュディスがなれなれしく肩をたたいた。

「むだなことはおよしなさいな」と、ジュディスは鋭い声でささやいた。「男の喜ばせ方も知らない小娘を、あのチェイスがベッドに誘ったりするものですか。写真家よ、彼は。被写体として鑑賞に堪えるような女じゃなきゃ、彼の食指はぴくりとも動かないわ」サマーは一瞬、冷水を浴びせられたような気持になった。それを自分ではうまく隠しおおせたつもりだったのに、ジュディスは気配を敏感に察したのか、さらに高慢な口調で言い募った。「それに、もし仮に彼に抱いてもらえたとしても、そんなことでアンドルーがやきもちを焼くと思ったら大間違いよ。だって、アンドルーは私を愛しているんだもの」

「まあ、あなたを?」落ち着き払った自分の声に、サマーは我ながら感心した。「彼も奇妙な趣味を持っているのね。とにかく、私はアンドルーにやきもちを焼かせようとあれこれ考えるほど暇じゃないわ。彼のことなんか、もうどうだっていいのよ」

「今では、ねらいをチェイス・ロリマーに切り換えたから?」ジュディスは憎々しげに笑った。「身のほど知らずもいいところだわ。あなたがパパさんのお金を見せびらかしても、彼の気は引けないわよ。チェイスは大金持の伯父さんの財産をそっくり相続できることが今から決まっているんですもの」

「わかったわ。あなたがねらっているのは、その財産なのね?」サマーは平然と言い放ち、顔を赤くして何か言い返そうとするジュディスを残して素早くエレベーターに乗り込んだ。ドアを閉めながら、いやみたっぷりの笑みを相手に投げる余裕まであったが、エレベーターが動き始めたとたん、無理に気を張っていた反動が一気に襲いかかった。膝ががくがく震え、急いで壁にもたれなければ倒れてしまうところだった。あのチェイス・ロリマーのようなタイプの男には断じて近づくべきじゃなかったわ、と、自衛本能が遅まきながら騒ぎ立てる。けれど、今さら弱気を出してしまえば、ジュディスとアンドルーからますます笑い物にされるだけだ。なんとしてでも、私が〝女〟だということを証明して、あの二人を見返さなければ……。

三十分ほど後、サマーは部屋の鏡の前に立って自分のビキニ姿をにらみつけていた。このビキニは去年の夏に南フランスへ行った折、親友のクレアにそそのかされて買ったものだ。目もくらむようなピンクと黒のストライプに加えて、あまりに大胆なカットに自分でおじ気づいてしまい、買った日に着た以外は一度も着ていない。ほぼ一年ぶりに着てみても、当時の印象は少しも変わっていないが、これぐらいの物が着られなくて、どうしてチェイス・ロリマーの気持を引きつけられるというのだろう。ジュディスなら、ビキニはおろか、トップレスにでも平気でなってしまうに違いない。

正気に返るなら、今のうちよと、頭の隅でささやく声に耳をふさぎながら、サマーはビーチバッグを取り出して必要な小物を詰め込み始めた。今日を逃したら、チャンスは二度と巡ってこないかもしれないわ。なんとしてでもチェイス・ロリマーの男としての欲望を刺激して……。でも、彼が関心を示さなかったら？　そんなはずはないわ、と、サマーは急いで自分を励ました。彼はたぶん、女性なしでは暮らせないタイプの男性だ。モデルたちが去った今なら、さして性的魅力のない娘でも、喜んで彼の欲望を満たしたがっている女性でさえあれば、彼はあまりうるさい注文もつけないだろう。

ビキニの上にピンクのTシャツとショートパンツを着込んで、サマーは改めて一階へ下りていった。約束の時間に、ちょうど十五分前だ。彼女はロビー横の喫茶室でトーストとコーヒーの朝食をとりながら待つことにした。

時計の針が八時十分を指したとき、サマーはいたたまれなさを感じながらトーストの残りを遠くへ押しやった。あの写真家は礼儀として申し出を受けたにすぎず、実際には来るつもりなど最初からなかったに違いない。せめてもの救いはジュディスがフロントに立っていないことだが、遅かれ早かれ彼女も事実を知り、アンドルーと二人で笑い転げることだろう。その屈辱を思って身もだえしそうになったサマーの背後に、つかつかと足音が近づいてきた。腕を軽く触られ、はっと振り向いてみると、眉をひそめたチェイス・ロリマーが不機嫌な顔で立っていた。

「こんなところに隠れていたのか。僕との約束を忘れたのかい？」オフホワイトのジーンズに、袖（そで）をたくし上げた黒のオープンシャツという、いかにも現代青年らしいいで立ちにもかかわらず、彼の雰囲気は、かつてジャージー島を根城にしていたという海賊を連想させ、サマーは小さく身震いした。

「いいえ……ここからロビーを見ながら待っていたのよ」

「そうか。僕はガソリンを入れてきたついでに、車からロビーを見張っていたんだ。では、行こうか」

そう促されて立ち上がったとき、サマーは自分がもう引き返せないところまで来てしまったことを、言いようのない不安な思いとともに悟った。

「日焼け止めはたっぷり持ってきた？」サマーのビーチバッグを持ちながら、チェイスが言った。「その入江は日陰になる場所がほとんどないうえ、ずいぶん人里離れていて店の一軒もないそうじゃないか」

そんな寂しい場所に、さして魅力もない娘と二人連れで行くことに、早くもいや気がさし始めているのだろうか。もし、恋人同士で行くなら、あの入江は最高の場所だ。どんなに情熱的に互いの愛を確かめ合おうとも、人に見られたり邪魔されたりする心配は全くないと言ってもいい。それなのに、せっかく二人きりで行ったとき、アンドルーが泳ぎにばかり熱中していたのは、やはり……。

「これだよ、僕の車は」チェイスが黒いスポーツタイプのオープンカーの前で足を止めて言った。「その帽子、トランクに入れておこうか？」

「じゃあ……お願い」

帽子を渡した拍子に手と手が軽く触れただけで、サマーは焼けつくような痛みを感じた。こんなことだから、あの二人に笑い物にされるんだわ。

「ホテルに頼んで昼食は作ってもらったが、もし君が午前中だけで帰る予定を立てているなら……」

「いいえ、今日は一日中あなたに付き合っても平気よ」大胆に言ってのけたとたん、サマーは相手が自分に向かって足を踏み出したのを見て息をのんだ。だが、チェイスは悠然と彼女のそばを通り抜けて助手席のドアを開け、サマーは情けない思いを噛み締めながら車に乗り込んだ。こんなささいなことにびくついているようでは、先が思いやられる。

「一日中かかるかどうかは、仕事の進み具合しだいだよ」チェイスは運転席に乗り込んでサングラスをかけながら言った。「今までに撮った写真の背景が気に入らない場合に備えて、風景写真を何枚か撮っておきたいんだ。じゃあ、出発するよ」

サマーは軽くうなずき、車をスタートさせたチェイスにこれからの道筋をていねいに説明した。

「ここを左だね？」幹線道路に入る手前でチェイスはちらりと助手席に目をやって確認し、サマーは髪を押さえながら無言でうなずいた。オープンカーに乗るとわかっていたら、髪をまとめてきたのに……。「気にするなよ」暴れ回る髪に苦労しているサマーを見て、チエイスは楽しそうに言った。「そうやって髪を風になびかせていると、いかにも無邪気なおてんばさんといった感じだな。その髪は生まれつきの色かい？」

「そうよ」

「何も、そんなにふくれなくたっていいじゃないか。そういう漆黒の髪にあこがれて、色を染めるモデルも多いんだよ。君の場合は目の色とも考え合わせて、ケルト系らしいな……アイルランドかい？」

「スコットランドよ」と、サマーはそっけなく答えた。この人は私など足もとにも及ばないぐらい女性のことを知り尽くしている。こんな男性を私ごときが誘惑できると思ったのは、とんでもない思い上がりだったのかもしれない。あそこで衝動的に声をかける前に、どうして十まで数えなかったのだろう。

おじ気づいたの？　と、耳の奥で小さな声がからかった。とんでもない。私のガッツと勇気で、必ず目的を果たしてみせるわ！

「ずいぶん深刻そうな顔で、何を考えているんだ？　僕みたいな男と二人きりで遠出することを、遅まきながら後悔し始めているのかい？」

なんという恐ろしい眼力の持ち主だろう。「後悔なんて……していないわ」

「あまり自信のなさそうな声だな」と、チェイスは苦笑まじりの声で言った。ただし、濃いサングラスのせいで、彼の表情までは読み取れない。「少なくとも、僕に乱暴されるという心配なんかは無用だよ。それより、せっかく遠くから遊びに来ながら、なぜ君は独りぼっちでぶらぶらしてたんだ?」

「それは、その……ボーイフレンドと喧嘩を……」

「なるほど」と、チェイスは気のなさそうな合の手を入れた。「それで今朝、あんなにしょんぼりしていたんだな。まるで、誰かにボール代わりに蹴られてしまった子猫みたいな情けない顔だったぞ」

「私に同情してくれたの?」サマーは顔から血の気が引くのを感じた。「だから、あなたは……」

「君と付き合ってやろうと思った?」チェイスは冷やかすように笑った。「僕はそれほどの博愛主義者じゃないよ。もし君が四十代のおばさんだったら、お付き合いはこちらから丁重に辞退していただろうな。君は何歳?」

「十八よ」

「十八?」と、驚いたように問い直され、サマーは正直に答えたことを後悔した。「僕は二十八だから、まるまる一世代の差じゃないか。君は僕みたいな年寄りが好みなのかい?」

「私の好みの幅は広いのよ——ものすごく」サマーは相手の口調に反発して挑戦的に言い返した。

「ほう」と、チェイスは気取った口調で言ったが、サングラス越しの視線には、明らかに鋭いものがあった。「すると、今日は楽しい一日になりそうだな。あどけなくて無邪気そのもののような見かけにだまされて、僕は最近の子どもが驚くほど早熟だということを、うっかり忘れていたよ。今までに何人ぐらいの男性を知っているんだい？　それとも、そんなことはいちいち覚えていられない？」

「そんな数を知って、どうするつもり？」サマーはすくみ上がりそうになりながらも強気に問い返した。「あなたも、その数のうちに入りたいの？」

「さあ、どうかな。僕をその気にできるかどうか、君のお手並み拝見、といったところだよ」

「そこを右に曲がるの」と、指示した声が少し上ずってしまった。男性を知り尽くした娘のように思い込ませたところまでは成功の部類に入れるべきなのだろうが、こんなぺてんがいつまで通用するのだろう。体に触れられたとたん、たまりかねて相手に真相を暴露してしまうかもしれない……ひょっとして、逃げ出す口実を探してるの？　と、マクドナルド家の自尊心が手厳しく詰問した。自分で始めたことでしょう？　最後までやらなくて、どうするの！

海を見下ろす崖の上の小さな駐車場に車が着いたとき、サマーはひそかに安堵の息をついた。実はアンドルーと一度来たきりなので、自分の記憶に少々不安を感じていたのだ。

崖の端に見える小さな石標が、海へ下りる小道の目印になっていたはずだ。

「海岸までの勾配(こうばい)は、かなりきついのかい？」車を降りたチェイスからたずねられ、サマーはこっくりとうなずいた。「そうか……。するど、商売道具のカメラの安全を考えて、荷物は二度に分けて運ぶほうが無難のようだ。しかし、そういう場所なら、人もめったに来ないだろうし、今日は君と水入らずの時間をたっぷり過ごせそうだな」

「あら、周囲は水だらけよ。だって、海ですもの」

すかさず合の手を入れたサマーを、チェイスは好もしそうに見つめた。「ユーモアのセンスもなかなかのものじゃないか。さて、荷物運びだが……君のバッグは自分で持てそうかい？」

「当然だわ」

「現代っ子に対して、失礼な質問だったようだな。ママの母乳を飲んでたころから、男女同権を吹き込まれて育ったんだろう？　それにしても、君のような自由な生き方に対して、ご両親は口をはさんだりなさらないのかい？」

「母はとっくに死んだわ。父のほうは……」

「娘と同様、自由恋愛の信奉者？」軽く肩をすくめた後、チェイスは車のトランクからサマーのバッグと帽子を取り出して無造作に差し出した。「時代も変われば変わるものだが、ま、いずれにしても僕がとやかく言う筋合いのものでないことは確かだ」

サマーはひったくるように荷物を受け取って小道の下り口に向かった。暑さと好天続きのせいか、道はからからに乾燥して滑り台のように滑りやすく、一度も転ばずに下まで行けたことが奇跡のように思えた。だが、三方を崖、一方を海に囲まれた静かな入江に下り立つと、彼女は不安も緊張も思わず忘れて、うっとりと周囲を見回してしまった。吸い込まれそうに青い水が果てしなく広がり、同じように青い空と水平線のかなたで接している。覚えていたとおりの景色なのに、まるで初めて来たかのような新鮮な感動が胸に広がった。

「なるほど、まさに二人だけの別天地だな」ひと足遅れで浜に下りたチェイスが満足そうにつぶやき、抱えてきた機材を慎重に砂の上に降ろした。「さて、僕はもうひとがんばりしてくるが、君は泳ぐなり日光浴をするなり、好きにしていていいんだぞ。いっそ全裸になったって、ここなら他人のひんしゅくを買う心配もない。なんなら、二人で臨時のヌーディスト・クラブを作ろうか?」彼はサマーの表情を見て愉快そうに笑った後、やおら小道に取って返した。

チェイスが残りの荷物を持って再び入江に下りてくるころ、サマーは今にもぷつんと切れそうに張り詰めた神経を抱えて波打ち際をいらいらしながら歩き回っていた。とんでもないことを始めてしまった愚かさを悔いる気持は、もう自分でごまかしきれないほどに激しくなっていたが、一方、その愚かさを承知のうえで、何としてでも計画を最後までやり抜かなければというがんこな決意もまた、刻々と強まるばかりだった。

荷物を砂の上に降ろしたチェイスは、まるで決闘場に赴くかのような面持ちで引き返してきたサマーにちらりと目をやりながら、大型バッグを開けてタオルを一枚取り出した。

「光線の角度の関係で、まだ仕事には取りかかれないから、先にひと泳ぎしようと思うんだ。君も泳ぐ？」

「私は……泳ぎの前に日光浴をするわ」

チェイスは早くもオープンシャツのボタンを外し始めていた。シャツが砂の上に脱ぎ捨てられ、褐色に日焼けしたたくましい上半身があらわになって初めて、サマーは遅まきながら急いで顔を背けた。全身に奇妙な震えを感じて目を閉じると、突然、あまりに現実みを帯びたリアルな映像が頭の中に浮かび上がった。あの褐色の胸にぴたりと体を寄せ、指先でそっと愛撫（あいぶ）……。

サマーは痙攣（けいれん）したようにかぶりを振りながら慌てて目を開けた。ジーンズも脱ぎ去り、真っ白な水泳パンツ一枚になったチェイスが、少しいぶかしげにこちらを振り向きながら波打ち際へ下りていくところだった。引き締まった筋肉質の体を食い入るように見つめながら、彼女はジュディスが言った〝男の中の男〟の意味を少しだけ理解したように思った。

水滴のしたたる髪をなで上げながらチェイスが浜に戻ってきたのは、サマーがTシャツとショートパンツを脱いだ体に日焼け止めのローションをまんべんなく塗り終えたときだった。チェイスの足は彼女の真横で止まり、クールな緑の目がビキニ姿を真上からしげしげと見下ろした。彼の唇の端に現れた笑みを見て、サマーは海賊に誘拐されて首領のもとに連れてこられた哀れな村娘のような気分になった。

　チェイスの肩の辺りについていた水滴がひとしずく、サマーの胸の谷間にぽとりと落ち、彼女は飛び上がりそうになった。次の瞬間、驚くべき機敏さで身をかがめたチェイスが、彼女の胸についた水滴を舌先ですくい取り、その周囲の白い肌に唇を寄せて愛撫し始めた。焼けるような熱さと恐ろしい震え、激しい拒否反応と浮き立つような喜びとが、同時にサマーを襲った。

「おや、体が震えているぞ」サマーの肩口に手を当てながら、チェイスが不思議そうに顔を上げた。

「だって……あなたの体が水でぬれていて冷たかったんですもの」と、苦し紛れの嘘(うそ)をついたとき、サマーは自分が今度こそ、もう二度と後戻りできない道に足を踏み入れてしまったことを悟った。

「だったら、全身にたっぷり太陽を浴びればいい」と、つぶやきながら、チェイスはサマーの背中に手を回してビキニトップのひもをほどき始めた。

「だめよ……日焼けがむらになるから」という抗議は、サマー自身の耳にも根拠のないものに聞こえた。

　案の定、チェイスは簡単にひもをほどいて小さな布きれをするりと外し、その中から現れた白い胸のふくらみを食い入るように見つめた。そして、その一つを温かいてのひらですっぽりと覆いながら、もう片方の手を差し出して言った。「そこのローションを取って僕の手に垂らしてくれ」

「な……何を始めるつもり？」

「ここに塗るんだよ」まるで当然のことのような口ぶりだ。「むらに焼けたくないんだろう？」

サマーの頭に浮かんだ数限りない否定の言葉は、結局一つも声にならなかった。あまりに間近なところから見つめている緑の目に魅入られたかのように、彼女は言われたとおり、ゆっくりとローションの瓶を取ってチェイスのてのひらに垂らした。そこから先は、まるで白昼夢を見ているようだった。ローションでぬれたてのひらが、白い胸のふくらみを甘く静かに動き回り、体の中に得体の知れない強烈な感情を呼びさましていく。

「ようやく納得できたよ……この若さで、君がすでに何人もの男たちを夢中にさせてきた理由が」胸の二つのふくらみを交互に凝視しながら、チェイスがしわがれた声でつぶやいた。その間にも、彼の両手は白い柔肌の上を静かにさ迷い続けている。「こういうものを見せられたら、どんな聖者、聖人でも官能を刺激されずにはいられないだろう。まして、並の男など、ひとたまりもない」そうつぶやき終えた唇が、サマーの胸の上へゆっくりと近づいてきた。

胸の先端をチェイスが口に含んだ瞬間、サマーはうめき声を押し殺しながら固く目を閉じた。こんなはずじゃなかったわ。是が非でも今日のうちに処女をなくしてしまいたいとは確かに思っていたけれど、こんなこと……胃を絞られるような、自分が恥ずかしくなるような淫(みだ)らな喜びがわき起こるなんて……。しかも、早くやめさせようと思うどころか、もっと強く、もっと荒々しい唇の動きを求めて、体全体が無言の悲鳴をあげている。

「この続きは後回しだ」チェイスが不意に顔を起こして無念そうに言った。「でないと、今日は一枚も写真を撮らないうちに日が暮れてしまうよ」

サマーはなおも突き上げてくる欲望に苦しめられながら、熱に潤んで放心したような目でチェイスを見上げることしかできなかった。数時間前までアンドルーに対して抱いていた思いは、いったい何だったのだろう。今、この体を焦がしているものに比べれば、まるで無意味としか思えない。もっと勇気があれば、チェイスに向かって大声で叫びたいぐらいだ――もっとキスしてちょうだい。あの突き抜けるような喜びを、もっと……。

「そんな目で僕を見ないでくれ」と、押し殺した声でチェイスが言った。「男と女の不思議の世界を初めて発見して、もっと奥地を探険しに行きたがっている女の子のような顔だぞ」

だって、そのとおりなんですもの、という言葉を、サマーは危ういところで口の中に押し戻した。まだ処女だとわかったら、チェイスはたちまち拒否反応を起こして私を退けるだろう。それでは、せっかくここまで運んだ計画が水の泡……。いいえ、違うわと、頭の中で小さな声がささやいた。さっさと処女を捨てさえすればいいというのが今日の計画だったけれど、今は違う。今は……。

「そんな目で見るなと言っただろう」うなるような声でチェイスが言った。「どうしても僕に仕事をさせたくないんだな？　よし、君の頭を少しばかり冷やしてやろう」

そう言い終えるやいなや、チェイスはサマーの体を軽々と抱き上げて波打ち際に向かい、そのままどんどん水の中に入っていった。水が胸の辺りまでくる深みまで進んでから、彼はやおら手を放した。

いきなり水の中に落とされ、サマーは思わず悲鳴をあげてしまったが、まだ物心もつかないうちから北海の冷たい水に慣れ親しんできたおかげで、水泳は得意中の得意だった。彼女が即座に体勢を整えて泳ぎ始めると、後ろからチェイスが追ってきて海底に引きずり込み、強く抱き締めながら再び海面に連れ戻した。「ずいぶん塩からいな」彼はサマーの唇に舌先で触れて言った。「これは海水の味じゃなく、君自身の味なのかもしれないぞ」

「あら、それならお互いさまでしょう？」大胆にも相手の唇に触れ返して言った後、サマーは太い腕の中から大急ぎですり抜けて全速力で浜に泳ぎ戻った。海に残ったチェイスは悠然と沖のほうへ泳いでいった。

彼が浜に戻ってくるころ、サマーはうつ伏せに砂の上に寝そべって太陽のぬくもりに浸っていた。さっき力いっぱい泳いだせいか、朝からの極度の緊張感が急にほぐれて、やたらと眠気が誘う。背中をチェイスの手が静かになで始めたようだ。この手に頰ずりしたいのだけれど、とても眠くて……。

安らかな寝息に上下し始めた背中にローションを塗りながら、チェイス・ロリマーは軽いため息をついた。最初に見かけたときは人見知りの強い子どもだとばかり思ったのに、勘が鈍ったものだ。ひょっとして、この娘もまた、トップモデルへの足掛かりをつかみたくて近づいてきたのだろうか。そんなことにはもう慣れっこになっているはずなのに、なぜだろう、この娘に限って、そうではないようにと祈りたい気持になってしまうのは。

チェイスは軽く眉を寄せながら立ち上がり、改めてサマーの寝姿を見下ろした。違うとわかっていても、まだ男を全く知らない無邪気な娘にしか見えない。こんな娘と関わりを持ってはいけないぞ、チェイス・ロリマー。そもそも女に気を許すべきでないということは、ローラがたっぷり思い知らせてくれたじゃないか。

チェイスは再び眉を寄せ、彼のプロポーズを受けて笑い転げた年上のローラの顔を思い出した。〝あなたの写真のおかげでモデルになれたことは感謝してるけど、結婚だなんて、冗談じゃないわよ、坊や〟

それから六年たった今、二人の立場は完全に逆転している。三十を過ぎてモデルの仕事が減り始めたローラのほうが、裕福な伯父を持つチェイスをしきりに追いかけ回しているのだ。あのローラと結婚する？　冗談じゃない、とチェイスは思った。

出世だの金だのといったことにはまるで興味のなさそうなこの娘もまた、やがては第二のローラになっていくのだろうか。チェイスは奇妙な物悲しさを覚えながらきびすを返し、写真機材を置いた場所へ向けて急ぎ足で歩いていった。

3

熟睡の後の浅い眠りの中にまどろんでいたサマーは、ガラスの触れ合う小さな物音に気づいて目を覚ました。昨夜の睡眠不足を補って余りあるほどぐっすり眠ったような、実にさわやかな気分だ。

「いいときに目を覚ましてくれたよ。起こそうかどうしようか迷っていたんだ。君も食べるだろう?」

ビーチタオルの上に広げられたピクニック用のバスケットに目がいったとたん、くつろぎきっていたサマーの神経は一瞬のうちに逆立ちした。そこへ追い討ちをかけるように、チェイスの片手に背中をなでられ、彼女ははじかれたように飛び起きた。

「太陽に当たりすぎて炎症を起こしたのかな?」チェイスが軽く眉を寄せてたずねた。

「君が寝ついたころに背中にも日焼け止めを塗っておいてやったんだが、あれから二時間以上もたったから」

「そうじゃないの。大丈夫よ」サマーはバスケットの中を深々とのぞき込んで、紅潮した顔を隠した。「少し寝ぼけてて、とっさには思い出せなかったのよ……ここがどこだったか」

「僕が誰だったかも、だろう?」と、チェイスが少しそっけなく言った。「何か食べる物を出してくれよ。僕はワインの栓を抜く」

バスケットの中にはラップでくるんだチキンサラダをはじめ、数種類の食べ物がきちんと二人分ずつ納まっていた。サマーは急に空腹を覚え、それぞれの皿をチェイスに渡すや、ろくに口もきかずに食べ始めた。彼がついでくれた冷たいワインも喉を心地よく通っていく。だが、そうやって食事を楽しんでいる間も、サマーの目はどうしてもチェイスのほうに引きつけられてしまった。

「まるで生まれて初めて男を見るような目つきだ」三杯目のワインをサマーのグラスにつぎながら、不意にチェイスが言った。「僕の男の血が騒いで困るから、せめて食事がすむまで待ってくれよ」

「ご、ごめんなさい」サマーは口にしかけた桃を急いで下に置いてうなだれた。頬が焼けるように熱い。「あなたを見つめてたなんて、知らなかったわ。ぼんやり考え事をしていたの。本当よ」

「そんなにむきにならなくたっていいじゃないか。それとも、君の眼鏡にかなった光栄な男は、いつもこうやってさんざんじらされてからじゃないと君を抱かせてもらえないのかい？」はっと顔を上げたサマーは一瞬、チェイスの目の奥に怒りに似た強い光を見たように思った。

「違うわ、私……」その先に何を言えばいいのかわからず、サマーはおろおろと絶句してしまった。するとチェイスは突然にっこりとほほ笑み、片手を伸ばしてサマーの顎を持ち上げた。

「桃のしずくがついている」と、穏やかにつぶやいた口がゆっくりと近づき、ぬれた温かい舌の先がサマーの顎に届いた。胸を締めつけられるような衝撃が彼女を襲ったが、その唇が顎から唇へと甘い動きで移動していくにつれて、衝撃は怖いほどの興奮へ、そして陶然とした喜びへと急速に変わっていった。

危険を知らせる警報をどこか遠くのほうに聞きながらも、サマーはうっとりと目を閉じてしまった。手はひとりでに伸びていってチェイスの腕をつかまえた。空腹に流し込んだワインの効果も手伝ってか、そうしないと頭がふらついて倒れそうな気がしたのだ。体がビーチタオルの上にそっと押し倒されるのを感じたとき、彼女の口は反射的に抗議の言葉をつぶやいたものの、その声は当人の耳にさえ、承諾の甘いつぶやきにしか聞こえなかった。蜜のような何かが頭の中でぐるぐると渦を巻いていて目を開けることもできないけれど、唇を入念になぞってくれている舌や、素肌の上を滑っていく大きな手の感触がこんなにも快いのに、なぜわざわざ目を開ける必要があるのだろう。

昼寝をする前に着け直したビキニトップが再び外されたとき、サマーは満足のうめき声を出しそうになって慌てて唇を結んだ。すると、それに腹を立てたかのように、チェイスの唇は急にもどかしげに動いて彼女の口をこじ開け、目もくらむような情熱的なキスを開始した。サマーの心臓は熱い血を吐き出しながら狂ったように打ち始めたが、彼女の胸と重なったチェイスの胸からも、轟くような鼓動が肌を通して伝わってきた。

やがて、ゆっくりと顔を上げたチェイスは、「サマー……」と、しわがれた声でつぶやきながら彼女の黒髪を握り締めた。日に焼けた顔の頬骨の辺りが紅潮し、緑の目も黒みを帯びて異様な光を放っている。「女性のことならたいてい知り尽くしているように思っていた自分がつくづく恥ずかしくなったよ。君の……この体を自分のものにするためなら、僕は……」

突然、チェイスは飢えた獣のような低いうなり声をあげながらサマーの胸に顔をうずめた。そして、豊かな胸のふくらみを口に含んで凶暴なまでの愛撫を繰り広げた。

これまでと打って変わった荒々しさがサマーをたじろがせたのは、ほんの数秒だった。彼女自身の中にも熱い感覚が突き上げ、チェイスの動きの一つ一つに反応する大きな身震いを引き起こした。

「頼む、サマー。これ以上僕を……いじめないでくれ」チェイスはせわしなく手を動かし、サマーの腰からビキニの残りを引きはがした。「君も僕の体に触ってくれ……さあ、早く！　僕を殺したいのか？　君は人間じゃなく、魔女なのか？」彼は待ちきれなくなったようにサマーの片手をつかんで自分の腰の上に持っていった。

サマーの手は初めおずおずとチェイスの腰から背中にはい上った。そしてしだいに大胆さを増しながら前に回って筋肉の盛り上がった胸を愛撫し始めると、チェイスは体を大きく痙攣させた。「ほら、君だって感じているんじゃないか。僕が欲しいんだろう？　さっきから君がこんなに震えているのは、そのせいなんだろう？」彼の声は聞き取りづらいほどにしわがれ、上ずっていた。「僕を受けとめてくれ、サマー。僕の体は、もう……こんなに……」男性の気持の高ぶりを示す証拠がサマーの肌に押し当てられ、そのショックが彼女のおぼろげな思考力を呼び戻した。

ここまではどうにかチェイスの目をごまかしてきたけれど、この先を続ければ私が全くの未経験者ということはすぐに見破られてしまうだろう。でも、誰だって最初は未経験者なのよ、と、励ますような声が耳の奥に聞こえた。初めての体験の相手として、この人以上の男性が考えられる？　それとも、やっぱりアンドルーのほうがよかったの？

いいえ、というのが正直な答えだった。あれほどひたむきにアンドルーを思い続けていた感情は、いったい何だったのだろう。少なくとも、今、チェイスによって火をつけられた体が感じているものに比べたら、ほとんど無意味としか……。

「これ以上僕を待たせないでくれ、サマー」と、荒々しい声がせき立てた。

「でも、私……まだ……写真を撮ってもらっていないわ」そうささやいた自分の声に驚いて、サマーははっと目を開けた。この期に及んで、こんな時間稼ぎの口実を思いつけたこと自体、信じられない思いだった。「あなたは被写体として価値のある女性しか抱かないっていう噂だけれど？」

そんな自分に驚きながらも、サマーは挑発的なまなざしを用意して顔を上げたが、その目をとらえたのは、今までと別人のように冷たく無表情なチェイスの顔だった。

「そうか。やはり、そういうことだったんだな」チェイスは暗く無気味な光を放つ目でサマーを見すえた。「謹んで、ご要望にお応えしよう。君の体型がファッションモデル向きじゃないことは自分でも知っているはずだから、ねらいはポルノ雑誌あたりだろう？　任せておきたまえ。編集者が喜ぶような、すばらしい写真を撮ってやる」

チェイスはやにわにサマーの手と足を押さえつけて体の動きを封じ、白い柔肌のあちこちに猛烈なキスの雨を降らし始めた。サマーはわけもわからないうちに再び歓喜の熱風の中に引きずり込まれたが、やがて唐突に起き上がったチェイスの顔には、ぞっとするほど残忍な冷笑が浮かんでいた。

「では、お待ちかねの撮影を始めるぞ」チェイスは横にあったカメラバッグから素早く大型カメラを取り出し、キスマークや指の跡が無数についたサマーの体にレンズを向けた。

「この写真を見た男たちは、君を自分自身の恋人のように感じるだろうさ。君がポルノ用のモデルとして引っ張りだこになること、請け合いだ。それが君のねらいなんだろう？」憎々しげに言いながら、チェイスは機敏に動き回ってあらゆる角度からシャッターを切り続けた。サマーは恐怖に凍りついた手足を必死で動かして体を隠そうとしたが、そのたびに伸びてくる強靭な手や足や膝が、いとも簡単に彼女の抵抗をはねのけてしまった。「今度はレンズに顔を向けてごらん、サマー……いや、そういう顔をしてはだめだよ」チェイスは片手で器用にカメラを構えたまま、おびえきったサマーの顔に片手を伸ばして親指で彼女の唇をなでた。そして、サマーの中に意思と逆行した熱い喜びが芽生えた瞬間、すかさずシャッターを切って「ようし。いい写真が撮れたぞ」と、満足そうにせせら笑った。

「やめて……お願い。あなたは誤解してるのよ」サマーはかろうじて聞き取れるほどの小さな声で訴えた。写真のことを口にしたのは、最後の一線を越える勇気をかき集めるための時間稼ぎのつもりだったのに……。「誤解なの。お願いだから聞いてちょうだい、チェイス」

チェイスは無言でカメラをバッグにしまい込み、怒りをあらわにした目でサマーに向き直った。「どこに誤解の余地があるんだ？　君は僕に写真を撮らせたいがために、おいしいごちそうをちらつかせながら僕を誘ったんだよ。おかげで僕は、予定になかった時間外労働をして君の望みをかなえるはめになったんだから、当然、報酬は払ってもらうぞ――もちろん、君自身に」

「でも……私のこと、ものすごく憎んでしまったんでしょう？　それなのに、あなたは、まだ……」

「まだ君に欲望を感じられるのか？」サマーは弱々しく絶句した後を、チェイスは残忍な声で補った。「心配ご無用だ。その点、男は便利にできているから、決して君を失望させたりしないさ」

大きな体が再び自分の上に覆いかぶさってくるのを見て、サマーは懸命にこぶしを振り上げたが、その両手首はたちまちチェイスの右手の中に包み込まれ、頭の上のほうに持っていかれてしまった。突然、恐怖に替わる激しい怒りが彼女の全身を震わせた。一糸まとわぬ体が冷たい緑の目でつぶさに観察されている間、彼女はあえて目を大きく見開き、ありったけの憎悪を込めて相手の顔をにらみつけていた。

「そんな顔をするなよ」ようやくサマーの顔に視線を戻した後、チェイスはにんまりと笑いながら言った。「こういう形で報酬を払うことには慣れっこになっているんだろう？　君は自分の体の使い道を、実にうまく心得ているよ。あんな場面で君から何かをねだられて、いやだと言える男など一人もいないだろうからな。だが、今までの場合のように、報酬を払うことによって自分でも存分に楽しもうと思っているのなら、それは少し虫がよすぎるんじゃないのかい？　あいにく僕は、これから始める楽しみを君と分け合うつもりなどさらさらないんだよ」

チェイスはサマーの両手をわしづかみにしたまま、激しく暴れて抵抗するサマーに体重を載せかけてきた。チェイスの水着がとっくに脱ぎ捨てられていたことがわかったのは、そのときだ。サマーははっと息をのんだが、その息を吐き出す暇もなく、新たな衝撃が襲いかかった。ぴったりと合わさった二人の体の間にチェイスの片手が無理やり割り込み、サマーが想像さえしなかった場所へ強引に侵入してこようとしている。

「僕は君のために最高の写真を撮ってやったじゃないか」恐怖に目を見開き、全身を石のように硬直させたサマーの耳もとで、チェイスの甘い声がつぶやいた。「今度は君が僕のために最善を尽くしてくれる番だぞ。早く受けとめてくれ。僕の仕事が骨折り損でなかったということを教えてくれよ、サマー」

「だめ……できないわ」ため息とも、すすり泣きともつかない声でサマーはささやいた。この人になら喜んで処女をささげたいと思ったのに、それがこんな形になろうとは……。そもそも、他人への意地で処女を捨てようなどと考えたこと自体が間違っていたのだ。

「お願いだから許して。写真を撮ってほしいと言ったのは嘘なの。私、写真なんか……」

「だったら、何が目当てだったんだ?」チェイスは突然、熱いものにでも触れたように体を離し、震えながら安堵の息を吐き出したサマーを鋭い声で問い詰めた。「もう嘘は許さないぞ、サマー。今度こそ正直に君の目当てを白状したまえ」

「私は……」サマーは必死で頭を働かせようとしたが、もはやどんな逃げ口上を思いつく気力も残っていないことがわかっただけだった。「私は、あなたに……抱いてほしかったの」

冷たい緑の目の上方で、太い眉が大きく動いた。「どういうことだ？　今まさに、僕は君と……」

「違うのよ」サマーはチェイスの顔を正視していられなくなって横向きに寝返りを打った。「私、まだ一度も……経験がないの。だから、私の目当ては写真なんかじゃなくて……」

「僕に君の処女を奪わせることだったんだな？」たっぷりと皮肉を含んだチェイスの声が言った。「今まで気づかなかった僕の間抜けぶりには、つくづくあきれてしまうよ。君がいまだに処女だということを示す証拠は、今にして思えば山のように転がっていたのに」

サマーは両手の中に顔をうずめてうめいた。「そうでしょうとも。どうせ私はつまらない女よ。男の人を喜ばせる方法なんて一つも知らないし……」涙に喉をふさがれて絶句したとき、絶望が生んだ一つの考えが胸の鼓動を急に速めた。ここまで恥をかいてしまったのなら、いっそひと思いに……。「チェイス」と、おそるおそる呼びかけながら、彼女はあおむけになってチェイスの顔を見上げた。そして、大きく深呼吸した後、必死の祈りを込めて口を開いた。「チェイス、お願いだからさっきのことを続けてちょうだい。お願いだから、私を抱いて」

静かに身を乗り出したチェイスの表情を見ただけで、サマーは祈りが天に通じなかったことを悟った。「残念ながら、今は君の希望をかなえてやるべきときじゃないように思うんだよ。つまり……どう説明すればいいのかな……」

説明されなくてもよくわかっているわ、と、サマーは思った。十分に経験を積んだ娘だと思えばこそ抱く気になったのであって、そうでないとわかった今は、もう何の欲望も感じないということだ。

眉を寄せて考え込んでいたチェイスが、不意に言った。「とにかく、よく話し合うことが先決だ」

「何を？」と、問い返したサマーの声はヒステリックに上ずっていた。「あなたは私なんか抱きたくないって、はっきり教えてくれたじゃないの。十八にもなって男性経験のない娘なんか、うっとうしいだけなんでしょう？　アンドルーと同じだわ！」

「アンドルー？」と、チェイスが鋭くきき返した。

「私の婚約者だった人よ――今朝の六時まで。でも、彼は私以外の人……たっぷり経験を積んだ女性を自分のベッドに入れて私の悪口を並べていたわ。彼はヴァージンの子なんかきらいなんですって！」

「なるほど。それを聞いた腹いせに、君は自分から僕に声をかけてきたんだな？」いったん消えていた凶暴な光が再び緑の目によみがえりかけていたが、やっきになって涙と闘っていたサマーはそれに気づかなかった。「君もとんでもないことを思いついたものだ。僕が何も知らずに君の処女を奪ったあげく、もし妊娠ということにでもなったら、いったいどうするつもりだったんだ？」

荒々しいチェイスの声を、サマーはほとんど聞いていなかった。処女を抱きたがらなかった点は同じでも、今ではチェイスのほうがアンドルーより数倍も憎く思えた。自分が怖くなるほどの情熱の火を私の体にともしたのは、アンドルーでなく……。

「そもそも、なぜ、この僕を選んだんだ？」と、険しい声でたずねられ、サマーははっと我に返った。

「それは……あなたがあらゆる女性を知り尽くしているように見えたからよ」

「すると、君は単に道具として僕を利用しようとしたんだな？」チェイスの顔は奇妙に引きつっていた。「人間としての僕個人には、何の興味も欲望も感じていなかった？」

サマーはゆっくりとうなずいた。ほかにどんな返事ができるというのだろう。今朝、あんな場面さえ目撃しなければ、今でもアンドルーを愛し続けていたに違いないのだから。

「服を着たまえ。ホテルに帰る」そう言うなり、チェイスはくるりと背中を向けて身支度を始めた。サマーは決定的なとどめを刺されたような思いで自分の荷物に手を伸ばし、身の置きどころもないほどの屈辱感に震えながら服を着込んだ。

先に身づくろいを終えたチェイスが荷物を持って歩き始めた拍子に、二人の肩先が軽く触れ合った。とたんに血の気を失って立ちすくんだサマーを冷ややかに見すえて、彼は苦笑まじりに言った。「これぐらいのことでおびえてしまう君が、よくも大それた計画を立てたものだよ。最後までやり遂げられるとは、自分でも考えていなかったんだろう?」

「いいえ、考えていたわ。私は……」

「自分の勇気のない分を、僕という他人の力を使って埋め合わせようとしたんだ。わがままな子どもにありがちな、卑劣で浅はかな知恵だよ」

肩を怒らして歩き去ったチェイスの後ろ姿を、サマーは歯を噛み締めるような思いで見送った。彼は何を怒っているのだろう。彼に侮辱され、死にたいほどの屈辱を味わっているのは私のほうなのに。

二人はついにひと言も口をきかないまま帰りのドライブを終えてホテルに戻った。フロントにはあいにくジュディスが立っていて、露骨に探りを入れるような目で二人の顔を見比べたが、サマーは超然と顔を上げて彼女の視線をはね返した。

「八時に、このロビーで落ち合おう。今からちょうど四時間後だ」エレベーターに乗り込もうとしたサマーを呼び止めて、チェイスが腕時計を見ながら言った。「もし来なければ、君の部屋まで押しかけていって、腕ずくで外に引きずり出すぞ」

サマーはいっさいの返事を拒否して素早くエレベーターのドアを閉めた。

どうにか部屋にたどり着いてドアをロックするや、サマーは服を脱ぐ間ももどかしく浴室に駆け込んでシャワーの栓をいっぱいにひねった。チェイスがつけたキスマークや指の跡はまだ肌に残り、胸も熱くほてっている。この胸が奔放な唇にもてあそばれていたときの感覚がよみがえりそうになり、彼女は大きくかぶりを振りながら、石鹸をつけたスポンジで強く体をこすり始めた。大声で泣くかわめくかすれば、いくらか気分が楽になるのだろうけれど、胸を切り刻まれるような痛みを感じているのに、なぜか涙は一滴も出てこない。チェイスにすべてをささげたいと思った、あの切実な願いが冷酷にはねつけられた時点で、私の感情は死んでしまったのだろうか。

それならそれで結構だわとサマーは思った。あんな恥辱を再び味わうぐらいなら、二度と男性などそばに寄せつけず、処女のまま年老いて死ぬほうがはるかにましだ。もちろん、チェイスの顔など、こんりんざい見たくも……。

サマーははっと体を硬くし、急いでバスタオルにくるまりながら電話のところへ走っていった。

フロントの内線電話に出たのは、幸運にもジュディスでないほうの娘だった。用件を聞き終えた娘が数秒後に「ちょうどお一人分だけ空席がありましたわ、マクドナルドさま」と言ったとき、サマーは安堵のあまり床にくずおれそうになった。「最終便の出発は六時半ですので、なるべくお急ぎください。タクシーは今すぐ手配いたしますわ」

手当たりしだいに荷物を詰め込みながら、サマーは六時半という時刻を呪文のように唱え続けた。六時半には、この島から出ていける。チェイスがロビーに来る八時には、もう故郷の土を踏んでいるのだ。彼は私の身元を調べて追ってくるだろうか。そんなことはとうてい考えられない。私のことを思い出すとしても、この夏最高の笑い話として友人に披露するのが関の山だろう。悔しさに耐えて唇を噛み締めているうちに、口の中に血の味が広がった。

夕暮れのアバディーン空港に降り立った瞬間、サマーはこの同じ空港から飛び立ったときの自分の幼さを身に染みて痛感した。今日一日の過酷な試練を経て大人への完全な脱皮を終えた今となっては、二度と再び、あの少女期に戻るすべもない。愛する人に導かれて〝大人の女〟に生まれ変わるという夢も、もはや永久についえてしまった。アンドルーが愛したのは私でなく、私の父の財産だったのだ。しかし、私の夢を無残に打ち砕いた本当の犯人はアンドルー以外の人物だ。男性としての欲望をあらわにして私に挑みかかり、私の体を情熱の炎で焦がし、そして、私が処女だと知ったとたんに私を捨てた人物……。あの緑の目のチェイス・ロリマーへの恨みを、たぶん私は死ぬまで忘れないだろう。

4

「もう決まったも同じね」父の肩越しに新聞をのぞき込んだサマーが、冷やかすような歓声をあげた。「おめでとう、クウール駐在英国大使閣下！」

「まだまだ、これからだよ」サー・ダンカン・マクドナルドは娘の頬にキスをして新聞をたたみ、朝食のテーブルに着く娘の姿をやや感傷的に見つめた。つい昨日まで、やんちゃな愛らしい少女だったような気がするのに、いつの間にか、こんなにもしっとりとした美女に変身してしまった。あの婚約を解消したと聞かされたときは、正直なところほっとしたものだが、もうそろそろ本気で結婚を考えてくれてもいいころだ。それなのに、いくら水を向けてもいっこうに乗ってこないのは、やはり、五年前の失恋がいまだに尾を引いているのだろうか。いったい、あのジャージー島で何があったのだろう。

サー・ダンカンは三年前、住まいをロンドンに移した。セフトン石油が本社機能を首都に移転したことに伴うものであり、以来、社の業績はさらに格段の飛躍を遂げた。もちろん、最高責任者の卓越した経営手腕と高潔な人柄によるところが大きいのは万人の認めるところだが、今では彼の腹心の部下たちも優れた経営陣として成長し、セフトン石油は将来にわたる盤石の基礎を築き上げた会社として、各界から高い評価を得るまでになっている。そんな折も折、サー・ダンカンに意外な話が持ち込まれた。中東の火薬庫の一つと言われるクウール王国との関係を重視した首相が、新任大使には外交畑でなく産業界出身の人材をと希望し、慎重な検討の結果、彼に白羽の矢を立てたというのだ。首相周辺の意向は、やがてマスコミに察知され、このところの朝刊各紙を連日のようににぎわしている。中には、〝次期クウール駐在大使令嬢〟とか、〝大使館の花〟という気の早い見出しで、サマーの人物紹介や写真を掲載する新聞まで現れた。

しかし、サマーは自分の役割が〝花〟と呼ばれるほど華やかで気楽なものでないことを父から十分に教えられていた。クウールは非常に厳格なイスラム教国家であり、西欧の女性が自国にいるようなつもりで自由奔放に振舞ったりすれば、たちまち国家間の信用に関わる重大問題に発展するのだという。「男女同権社会に育ったおまえとしては、はなはだ不愉快だろうが、とにかく、それが現実なんだ。だから、もしおまえがイギリスに残りたいのなら……」

「残りたいなんて言っていないわ。でも、仮にパパが単身で赴任しさえすれば、残った私がどんな浮き名を流しても関係ないの？」

「それが、大ありらしい。そもそも外務省筋は今回の人選が気に食わないものだから、私自身の人格や経歴に加えて、おまえについても徹底的に調査しているようだぞ。おまえが誘惑に負けてつまずくことを、手ぐすね引いて待っているふしさえある」

サマーは苦い笑いを噛み殺した。どんなに優秀な調査機関でも、私の異性関係に汚点を見つけるのは無理だろう。同じ男性とのデートは月に二度までと決めているし、私の定めた一線を踏み越えようとした男性には、その場で絶交を申し渡すのだから。

さっきとは別の新聞に没頭し始めた父と向き合って朝食をとりながら、サマーはぼんやりと考えにふけった。父といっしょにクウールに行きたいのかどうか、実のところまだはっきりとは心が決まっていない。向こうへ行けば、今の仕事もやめてしまわなくてはいけないのだろうか。

この五年間は父の社交生活上のホステス役として忙しく立ち働いてきたが、その一方で精神面に何か空しいものを感じたため、ロンドンへ越してきたのを機にコンピュータのプログラミングの勉強を始めた。専門の学校に通って熱心に学んだかいあって、最近は複数の会社から絶えず仕事の依頼がくるようになっている。高度の専門知識を必要とするだけに、自宅にいながらする仕事としては収入もよく、仮に一人でイギリスに残ったとしても、父からの仕送りに頼ることなく自活していけるだけの蓄えもできている。

将来はともかく、今現在の自分の生活にサマーは十分満足していた。結婚というものに対してあまりに無関心なことが父のひそかな悩みの種らしいが、男性への関心は五年前、あの砂浜に捨ててきてしまったとしか思えない。もちろん、あの当時ほど子どもではないから、デートの相手とのキスを楽しむ程度のことはないでもないが、そこまでが限界だ。そこから先へ進もうとした男性の一人が去り際に恨みがましく言ったとおり、私の心は〝石と氷〟でできているのだろうか。だとしても、私の責任ではない。あの砂浜で、あのチェイス・ロリマーが、私をそういう女に変えてしまったのだ。

朝食を終えたサマーは父に軽く声をかけて食堂を去り、自分が仕事場に使っている部屋へと入っていった。淡い黄色とブルーで統一された明るい部屋だが、かなりの部分を機械類に占領されているので少々狭苦しい感じもする。昨日やり残したプログラムを仕上げてしまおうとデスクに向かいかけたとき、部屋の電話が鳴り出した。

「グローブ紙のスタン・フェローズです」と、相手は名乗った。「クウール国へ行かれるに当たってのご感想を聞かせてください、ミス・マクドナルド」

この種の電話をすでに何本も受けていたサマーは、クールな声でよどみなく答えた。

「父はまだ公式の任命をお受けしておりませんので、私から申し上げることは何もありませんわ」

「では、クリントン・タワーズの発言についてはいかがですか。彼はあなたの心の氷山が砂漠の熱気で溶けることを期待したいと述べたそうですが？」

サマーは胸の中で呪(のろ)いの言葉を吐いた。クリントン・タワーズは数カ月前にセフトン石油の若手重役として取り立てられて以来、急に熱心にデートを申し込んでくるようになった男だ。もちろん、彼の魂胆は最初から見えすいていたが、ある日の新聞のゴシップ欄に彼の噂話(うわさばなし)が載ったとき、サマーはついに堪忍袋の緒を切らした。彼は自分が近々、サー・ダンカンを義父と呼ぶようになるだろうという希望的観測を、よりによって新聞記者の来ている席で広言したのだ。数日後、別の新聞がサマーの消息を伝え、彼女は目下のところ婚約の予定など皆無なばかりか、石油関係の人間は身内に一人だけでたくさんだと語っていると報じた。その日、クリントンはたいそうなけんまくで押しかけてきて、激しい口論の末に飛び出していった。それっきり何の音さたもないので、すっかり片がついたものと思い込んでいたのだが……。

「タワーズさんがご自分の意見をお持ちになるのは自由ですわ」サマーは内心の怒りを抑えつけて愛想よく言った。「我が国では思想と表現の自由が万人に保障されておりますものね」

これ以上はいくら問い詰めても脈がないと悟ったらしく、グローブ紙の記者は早々に電話を切り、サマーは小さなため息をつきながらコンピュータのデスクに向かった。父がクウールの大使という職務に意欲を燃やしている以上、早く正式決定が下りれば私もどんなにか気が楽になることだろう。今のところはクウール国と外務省双方に気を遣って言葉の端々にまで神経をとがらせていなければならない。私の小さな失言一つで、父が大使になる話は水の泡になってしまうかもしれないのだ。

仕事は始めたものの、さっきの電話で調子を狂わされたせいか、どうにも気分が乗らず、サマーは父の秘書が持ってきてくれた郵便物に目を通し始めた。大半はコンピュータの仕事関係の手紙だ。たとえイギリスを離れても仕事は継続してほしいと頼んできている会社もあった。銀行からの残高通知状が一通、セーシェル諸島へ遊びに行った友人からの絵はがきが一枚。そして最後の封書は……差し出し人の名前がない。走り書きのような文字を連ねた表書きを見つめたまま、サマーは眉をひそめた。なぜ、こんなにも不吉な胸騒ぎを感じるのだろう。

封筒の中から出てきたのは、厚手の高級な便箋(びんせん)が一枚きりだった。サマーの視線は真っ先に文末の署名に引きつけられたが、そのとたん、彼女は雷に打たれたような衝撃を受けて息を止めた。いったい全体、この私に何の用があるというのだろう——あの、チェイス・ロリマーが。

今でこそ、新聞や雑誌で彼の名前を見かけても平然としていられるが、最初のうちは恥ずかしさと悔しさで胸が悪くなったものだ。彼が写真の世界から身を引き、新しくできたテレビ局の経営に参加したという記事を読んだのは、二年ほど前だろうか。しかし、常に絶世の美女と腕を組んでマスコミの紙面に登場するという点では昔と少しも変わっていない。そのチェイスが、いったい何の用で……。

慌ただしく便箋に目を通した後、サマーは自分の目を疑いながら、もう一度入念に手紙を読み直した。何度読んでも同じだ。チェイスは私に会いたがっているらしい。でも、なぜだろう。なぜ、今さら……。ジャージー島から逃げ帰った当初は電話のベルやドアのチャイムが鳴るたび、チェイスが島でのいきさつを父に告げ口しに来たのではないかと思って飛び上がったものだ。しかし、考えてみれば結果的には何もなかったのだから、たとえ告げ口に来られても堂々としていればいい――そんなふうに割りきってからは、あまりびくつかなくなっていたのが、こうして彼の直筆とおぼしき文字を目の当たりにしていると、あの当時の恐怖がそのままよみがえってくるような気がする。

〈二十三日の午後六時、下記の住所までご来訪たまわりたし〉と、手紙には書いてあった。そして、さらに、〈ご都合のつかぬ折には、追って当方が貴嬢宅へ参上の所存〉とも。

サマーは震えながらカレンダーに目をやった。今日がまさに二十三日だ。行きたくない。行きたくはないけれど、行かなければ明日か明後日、あるいは今夜のうちにもチェイスはこの家を探し当てて訪ねてくるに違いない。父はこのところマスコミの取材攻勢を避けて自宅に閉じこもっているから、チェイスの訪問を父に隠しておくことはとうてい無理だ。いまだに父に話せないでいる屈辱の思い出を、五年もたった今になって知られてしまうのだろうか。

身を焼き尽くすような不安と焦燥に駆り立てられながら、サマーは時間のたつのも忘れて宙の一点を見すえていた。

軽いノックの音を聞いて、サマーは椅子から飛び上がった。唇を強く噛み締めながら戸口に走っていってドアを開ける。廊下に立っていたのは、昼食のトレイを片手に載せたマクロード夫人だった。

「おやまあ、おっかない顔だこと！」と、家政婦は目を丸くした。「いったい何事が起きたんです？」

壁の鏡をちらりと見たサマーは、自分でも驚いて顔をしかめた。目は熱に潤んだように光り、頬も異常に紅潮している。「なんでもないわ」彼女は急いで笑ってごまかした。「ちょっと頭にくることがあって、むしゃくしゃしてただけよ」

まさか、と言い返したいのを我慢して、セアラ・マクロードは眉を大きく上下させるだけにとどめた。ちょっとやそっとのことで頭にきたりするサマーお嬢ちゃまでないことは、我が子同様に思って育ててきた私が、誰よりもよく知っていますよ。

「ところで、今夜もお夕食はお二人分用意してよろしいんですね？」

「そうね……いいと思うわ。私は夕方ごろ外出するけれど、たぶん一時間ほどで帰れると思うの」

そう言い終えて初めて、サマーは自分が外出するつもりになっていたことを悟った。そして、行くか行かないかの件では二度と思い悩むまいと決心しながらデスクに戻り、朝からほとんど進んでいない仕事の続きに取りかかった。不愉快なことや思い出したくないことを忘れるには、仕事に没頭するのが一番の早道だ。これまでも例外なく、この方法で成功している。

ところが、今日の場合に限って、サマーの努力は無残な失敗に終わった。いくら仕事に集中しようとしても、五年前の浜辺の光景が恐ろしいほど鮮明によみがえって考えをかき乱してしまう。彼女はついに努力をあきらめて立ち上がり、部屋の中を歩き回ることに長い時間を費やした。

時計の針が四時を指すと同時にサマーは二階の寝室に上がり、ワードローブの中を隅から隅までかき回した末に上品なデザインの黒のスーツを引っ張り出した。スーツの中には純白のブラウスを着込み、髪は入念にブラッシングしてから緩やかに結い上げてまとめた。〝おまえの服装のセンスは実にエレガントだよ〟と、父は常々言っている。〝たまには少しぐらい大胆な冒険をしてみるのも悪くないと思うんだがね〟とも。

大胆さなどどこにも見当たらない今日の服装を鏡で点検しながら、サマーは大きくうなずいて自分に及第点を与えた。いかにもクールで超然とした淑女に見える。これなら、半ば狂乱状態で彼を求めた、あの十八歳の娘と同一視される心配はまかり間違ってもないだろう。

「おや、出かけるのかね？」玄関ホールで娘と鉢合わせしたサー・ダンカンが驚いたようにたずねた。

「ええ、ちょっと用事ができたの。でも、夕食には間に合うように帰ってくるつもりよ」

「そうか。あいにく私のほうは帰れるかどうか……。実はさっき、首相の秘書からの電話で緊急の呼び出しを受けたんだよ。今回の人事について外務省側がまだ難色を示しているものだから、今夜クウールの英国駐在大使と会って、向こう側からの応援を取りつけようという話になったらしい。大使はシークの称号を持つ王族の一人だよ」

「たしか、シーク・ナジュル・ベン・ザヤド大使だったわよね」サマーは長い名前に苦労しながら言った。「最近、アメリカから転任してきた人でしょう？　娘さんがアメリカで何か問題を起こしたとかいうことも新聞で読んだような気がするわ」

「好ましからぬ男と同棲していたらしくて、厳格なイスラム教徒のシークとしては、相当に頭を痛めているようだ。その辺の個人的な問題を突破口にしてシークとの親交を深めろと言われているんだが、はてさて、私には少々荷が重い気もするよ」

「でも、がんばらなくちゃいけないわ。パパは是が非でも大使になりたいんでしょう？」

サマーは父に歩み寄って優しい笑顔で励ました。

「正直な気持を言えば、まさにそのとおりだよ」と、サー・ダンカンはため息まじりに告白した。「セフトン石油については、もうやれるだけのことをやってしまった。私がいてもいなくても、会社はこのままどんどん業績を伸ばし続けるだろう。私は自分の力を発揮できる新しい仕事が欲しいんだよ、サマー。石油に深く関わってきた私が、石油国であるクウールとイギリスとの友好発展に貢献できるのであれば、私にとってこれ以上やりがいのある仕事はない」

それから約三十分後の六時ちょうど、サマーはスポーツタイプのメルセデスベンツの運転席から静かに降りて車のドアを閉めた。チェイス・ロリマーの手紙にあった住所は彼女の住むセントジョンズウッド地区とは目と鼻の先にあり、彼女は指定された番地に建っている優雅なテラスハウスの駐車場に車を入れてから、かなりの時間を車の中で身動きもせずに待ち続けていた。駐車場の正面に並んでいる低い石段の一つを上り、真鍮のノッカーで黒塗りの玄関ドアをノックすると……。

「時間厳守の見本だな」という低音の声とともに即座にドアが開き、サマーは不意を打たれた思いで立ちすくんだ。「さあ、入ってくれ。君が車からいっこうに出てこないものだから、思い直して帰っていってしまうのかと気をもみ始めていたところだよ」

サマーにとっては二つ目の衝撃だった。不安と必死で闘っていたときの顔を、知らぬ間にすっかり観察されていたとは。「用件だけ手短に話してちょうだい。私、あまりゆっくりはしていられないの」玄関ホールの中に一歩だけ足を踏み入れてから、彼女は硬い声で言った。

「しかし、中で何か一杯ぐらい飲んでいく時間ならあるだろう？　それにしても、美しくなったね、サマー。新聞の写真より数倍も美しい」

サマーは強い震えを感じながら相手の顔を凝視した。翡翠のような冷たい目。日に焼けた肌。皮肉な笑みを含んだ口もと……。仕立ての良い背広の上下と白いワイシャツで身を固めている点を除けば、チェイスは五年前と少しも変わっていない。いや、五年前よりもさらにたくましく、さらに危険な男になっているような気もする。

チェイスは真っ白なカフスをたくし上げて腕時計を眺めた。「君の貴重な時間が五分も過ぎてしまったよ。僕のことはもう十分に観察し終えただろうから、そろそろ中に入ってくれないか。君が椅子に座ってくれるまで、用件はひと言も教えてやらないぞ」

チェイスの応接間は古風な家具を配した落ち着いた感じの部屋だった。心にもう少し余裕があれば、サマーは自分が想像していた超現代的な雰囲気の部屋と比較して奇異の感に打たれたかもしれない。

「やれやれ、安心したよ」ソファーの一つに腰を下ろしたサマーに向かってチェイスは満足そうにうなずき、壁際のサイドボードへ向けて悠然と歩いていった。「この部屋の雰囲気と、君は実にしっくりマッチして見える。君もここを気に入ってくれた?」

「この際、そんなことは関係ないでしょう? それよりも、お願いですから早く本題に……」

「もう入っているんだよ、本題に」サイドボードからシェリーの瓶を取り出したチェイスが楽しそうに言った。「ここが君の家になる以上、君にも気に入ってもらわなくては困るじゃないか。もちろん、本宅は田舎にある屋敷ということになるが……」

「待ってよ。どういうことなの?」あくまでも超然としていようという決心を守りきれなくなって、おろおろしながらサマーはたずねた。「なぜ、ここが……」

「君の家になるか?」チェイスはサマーの好みを確かめることなく、シェリーを二つのグラスになみなみとつぎ分けた。「答えは簡単さ。僕は君と結婚するつもりだからだよ」

「結……婚?」サマーは調子外れのかすれた声を出した。「気は確かなの? 私は誰とも結婚する意思はないし、まして、あなたなんかとは……」

「なぜ、〝まして、あなたなんかと〟なんだ? かつて君を抱くことを拒否した男だからかい? そのことについては僕も重々後悔しているよ。しかし、あのときは何しろ急なことで……」

「昔の話は聞きたくないわ」サマーは鋭い声で相手の口を封じた。「それより、早く本当の用件を話してくださいな。もちろん、結婚なんて冗談なんでしょう? 冗談にしても悪質すぎるけれど」

「心外だな」落ち着き払った顔で歩み寄ったチェイスは、グラスの一つをサマーの手に無理やり渡した。「僕は本気で結婚を申し込んでいるんだぞ」

「謹んでお断りするわ。これで用件も終わったようだし、私、失礼させていただきます」

サマーはグラスを前のテーブルに置いて立ち上がった。「私を通じてセフトン石油と結婚したがった人は以前にもいたし、たぶん今後も現れそうだけれど、少なくとも、あなた以外の人はもう少し礼儀正しいわよ」

「あのクリントン・タワーズでさえ?」チェイスは悪びれたふうもなく微笑した。「この僕の場合、セフトン石油への興味は全く持っていないんだがね」

「じゃあ、興味の対象は父の私有財産だけ?」きつい皮肉を投げつけながら、サマーは足早に応接間を出ようとしたが、チェイスは素早く前に回り込んで戸口の中央に立ちはだかった。

「君は自分を卑下しすぎるよ。僕の興味と関心の対象が純粋に君自身だということを、どうして素直に信じられないんだ?」彼は苦笑しながら軽く肩をすくめた。「財産なら、僕だって持っている――伯父の遺言状の付帯条件を満たしさえすれば、だが」

「条件って、どんな?」と、たずねた自分を、サマーは激しくののしった。あの十八歳の愚かな娘に戻ってしまう前に、一刻も早くチェイスから逃げ出すことを考えるべきなのに!

「伯父の死後、三カ月以内に結婚すること」

「驚いたわ」と、サマーは無理にあざ笑った。「この私なんかを選ばなきゃいけないほど、あなたはお相手の女性に不自由していたの?」

「ほら、また君は自分を卑下しているよ」

誰がそうさせたの？　と、サマーは心の中で叫んだ。「とにかく、あなたの気まぐれに付き合っている暇はないの。帰るから、そこを通してよ」

「信じてくれよ、サマー」チェイスは戸口をふさいだまま淡々と言った。「僕はほかの誰とでもなく、君と結婚したいんだ」

「一度は自分で私をはねつけておいて、五年後に突如として私への愛に目覚めたとでも言うの？」

チェイスは胸の前で悠然と腕組みをしながら、しげしげとサマーの顔を見つめ、そして、非常にゆっくりと口を開いた。「あのときの君の願いに応じる男性は、その後すぐに現れたのかい？」

「現れたら、どうなの？」あえて堂々とチェイスを見返したサマーの目は、怒りと苦悩で濃いアメジスト色に変わっていた。

「だとしたら、君はごく短期間で、愛情のないセックスにすっかりいや気がさしたんだろうな。最近の新聞の報道が事実だとすれば、今回サー・ダンカンをクウール国大使に任命する話が持ち上がった背景には、彼の独り娘が実に申し分のない品行と倫理観を貫いていることも大きな要因になったそうじゃないか」声にも顔の表情にも柔和な穏やかさ以外のものは何一つ現れていなかったにもかかわらず、サマーは自分の身に恐ろしい危険が刻々と迫りつつあるような激しい胸騒ぎを感じた。

「で……、あなたは何が言いたいの？」

「君が結婚に同意してくれない場合、僕としては今まで君を過大評価してきたマスコミに、事実を教えざるを得なくなるということだよ。もちろん、彼らは即座に自分たちの間違った見方を修正するだろうさ――僕の撮った写真を見れば」

一瞬のうちに、サマーは顔から血の気が引くのを感じた。「これは……脅迫だわ」

「そう呼ぶ者もいるだろうが、僕としてはゲームの上の公正な駆け引きの一つと呼びたいね。僕は何としても勝負に勝ちたい。君を妻にしたいんだよ」

「でも……なぜ？」激しい吐き気で声がかすれた。

「なぜ？」チェイスは苦笑しながらサマーの口まねをした。「理性の勝ちすぎる女性は、これだから困るよ。僕の周囲には、僕の言葉を額面どおりに受け取って、さっそく花嫁支度を始めてくれる女性が数人いるんだが、頭の良い君は、僕の言葉に何か裏があるとでも疑っているんじゃないのかい？」

「そのとおりよ」チェイスの言葉に深く傷つきながらも、サマーは真っすぐに顔を上げたままで答えた。

「さすがだよ、サマー」というのが、チェイスの返事だった。「さっきの付帯条件をもっと詳しく言うと、僕は伯父の死後三カ月以内に結婚してから一年を経過した後、晴れて伯父の全財産を相続できるんだ。その時点で、ほかの女性はいざ知らず、君なら確実に僕との離婚に応じてくれるだろう？　何しろ、僕の手には強力な武器がある」

「……あの写真のことね？」

「あの写真のことだ」と、チェイスはにこやかにうなずき、上着のポケットから白い封筒を取り出した。「もちろんネガは渡せないが、焼きつけたのを参考までに君にプレゼントするよ」

手の中に落ちてきた封筒を、サマーは全身を硬直させながらまじまじと見つめた。封筒が今にも蛇に変身して、かま首をもたげそうに思えた。

「なぜ中を見ないんだ？　僕はぺてんを使って君をだまそうとしているのかもしれないだろう？」チェイスは意地悪な声で冷やかしたが、サマーが身動き一つしそうにないと見て取ると、戸口からつかつかと歩み寄って封筒を取り戻し、数枚のカラー写真を引っ張り出して彼女の顔の前に突きつけた。

「やめて……。見たくないわ」サマーは目を固くつぶり、指の爪がてのひらに食い込むほど強くこぶしを結んで、じりじりと後ずさりを始めたが、数歩も行かないうちに、重いソファーが彼女の退路を阻んだ。冷たく長い指が手首をつかまえ、残忍な甘い声が耳もとでささやいた。

「なぜ見たくないんだい？　僕の記憶によれば、この写真は君の依頼で撮ったもの……」

「あのとき嘘だって言ったはずよ」唇を震わせながら、かすれた声が飛び出した。「私、怖くて時間稼ぎがしたかっただけなの。そうでもしないと……私……」

「今にも僕に処女を奪われそうだった？　しかし、それから十分もしないうちに、君は処女を奪ってくれとねだったじゃないか」チェイスは乾いた笑い声をあげたが、再び話し始めたとき、彼の声から笑いの響きはすべて消え去っていた。「あの晩、僕がどれだけ心配したか、君にはとうていわからないだろうな。あんな精神状態のまま島を出ていって、またどんな無茶を始めるかもしれないと思うと、僕のほうまでおかしくなりそうになったよ。ホテルの人間を脅しつけてまで君の身元を調べようとしたんだが、規則を盾に取られて、とうとう何一つ……」

「感動的なお話だわ——作り話とはわかっているけれど」サマーは静かに目を開け、冷たい憎悪を込めて言った。「本当は、伯父さまの財産を取るか、身勝手な独身生活を取るかの選択に迫られて初めて、私のことを思い出したんでしょう？　この写真さえあれば、あなたは好きなときに私を妻にできるうえ、用ずみになりしだい、慰謝料や財産分与の心配もなしに離婚して独身に戻れるんですものね。こんな有効な脅迫手段があるんだから、ついでに私から大金を脅し取ることも思いつけばよかったのに！」

緑の目に再び冷笑が漂った。「たいていの男なら、君を手に入れるだけで十分に満足するだろうよ。まして、五年前にああいう形で君の体を見せてもらった僕としては、それ以外の野望など持つはずがないだろう?」チェイスは不意に笑みを消し、淡々とした事務的な口調になった。「君が聞かせてくれた推測はほとんど当たっているが、僕が離婚の費用を惜しむ理由について、少し補足説明しておこう。伯父が僕に残してくれた田舎の屋敷――バーンウェル荘の建物と地所を維持していくには、相当の出費が予想されるんだよ。離婚した妻が法律を盾にして巨額の慰謝料を請求してきたら、僕は屋敷を手放さざるを得なくなる。しかし、僕はあの屋敷に強い愛着を持っているんだ。軍人だった父が母ともどもキプロス島の基地で爆死して以来、寄宿学校に入っていて難をまぬがれた僕と妹は伯父の手で育てられた。つまり、九歳のときから、僕はバーンウェル荘をわが家と思ってきたんだよ。伯父は何か考えるところがあって終生独身を貫いたが、晩年にはそれを後悔していたようだな。だから、実の息子同様にかわいがってくれた僕に財産を相続させるに当たって、こんなやっかいな付帯条件を遺言状に書き込んだらしい」

「そこまで配慮してくださった伯父さまを、あなたはだまそうとしているのよ。良心というものをひとかけらも持ち合わせていないの?」

「僕の生き方については人に心配してもらわなくてもいい」チェイスはそっけなく言った。「それより、問題は君のことだよ。事情がわかった以上、快く承知して僕の妻になってくれるんだろう?」

「いいえ。さっきも言ったように、私は結婚するつもりなんか少しもないの。あなたに限らず……」

「僕に限らず、一人の男に縛られるのはいやだから？」穏やかな口調と裏腹に、緑の目は肉食獣のような凶暴な光を放っていた。「しかし、あいにく君には選択の余地がなさそうだよ。もちろん、この写真の公表によってサー・ダンカンに大使の職を失わせても平気だというなら、話は別だがね」

いたたまれなくなって顔を伏せたとたん、サマーの視線はチェイスの手の中の写真に張りついて動かなくなった。よりによって、カメラを正視させられた瞬間の写真が一番上になっている。恐怖と自己嫌悪で、再び吐き気が始まった。意思に反して力ずくで乱暴されているような写真なら、まだ弁解の余地はあるだろう。しかし、この写真の顔は……。

「考える時間をちょうだい」写真から無理やり視線を離しながら、サマーはかすれた声を出した。

「いいとも。ただし、二十四時間だ。それを過ぎて君から回答がない場合、さらに二十四時間後に、この写真はマスコミの手に渡るよ」

「私……」と、言いさしたまま、サマーはよろめきながら戸口に向かった。チェイスも今度は邪魔立てせずに無言で後ろに続き、彼女のために玄関のドアを開け放しながら静かに言った。

「二十四時間だよ、サマー。それから、今度こそ、僕から逃げたりしないでおくれ」

どこをどう運転したか覚えのないまま、サマーは奇跡的に無事故で家に帰り着いた。家を空けたのは二時間足らずなのに、そのわずかな時間の間に人生が明から暗に、平穏から狂乱へと、百八十度変わってしまったのだ。

もちろん、夕食の料理には手をつける気にもなれず、心配して小言を言う父への申し訳に、サマーは頭痛のせいだと嘘をついた。「それより、意外に早く帰れたのね。もっと遅いのかと思っていたわ」

「首相同席でシークと会談したんだが、あれほど話がスムーズに進むとは、私にも意外だったよ」サー・ダンカンは上機嫌で身を乗り出した。「半分はおまえのおかげだな。シークは新聞の記事を読んだらしくて、おまえのような品行方正な娘を、ぜひ自分の娘の手本に……どうした？」彼は娘が倒したグラスからワインが自分のほうに流れてくるのを見て、急いで立ち上がった。「サマー、大丈夫か？」

「ごめんなさい。やっぱり、頭痛がひどくて……。私、早めだけど部屋に行ってベッドに入るわ。ぐっすり眠るのが一番の薬だと思うの」

しかし、二階の寝室に閉じこもったサマーはベッドには寄りつきもせず、ひたすらぐるぐると部屋の中を歩き続けた。逃げるなとチェイスは言ったが、逃げたくとも、どこに逃げ道を探せばいいのだろう。ほかの男性ならいざ知らず、チェイス・ロリマーは私が女性としてどんなに魅力がないかを知ってしまった男だ。しかも、たとえ十二カ月でも……いや、十二カ月も夫婦として暮らせば、さっきの嘘――とっくに別の男性に処女を与えたという悲しい見えも簡単に見破られ、恥の上に恥を重ねることになる。でも、脅迫に応じなければ、父は大使の職といっしょに面目まで失って、世間の笑い物に……。

夜が白々と明けたころ、サマーは震える手でペンを持ち、便箋にたった一行だけ書き記した――あくまで、名目上の夫婦としてなら、と。

そして、寝不足と心痛でやつれきった顔のまま車に飛び乗り、チェイスの家の郵便受けに手紙を投げ入れるやいなや、再び車を飛ばして家に逃げ帰った。これで、ひとまず私の役目は終わった。あとは……。

朝食の席で顔を合わせた父は、昨夜にも増して上機嫌だった。昨日の会見の中で首相の最終決断も間近いという確かな感触を得たので、今日の夕食はその祝いの宴にしたいと言う。「もちろん、まだ外部には言えんが、ピーターとモイラだけは招待したいんだよ。あの夫婦ならかまわんよな?」

現在セフトン石油の筆頭重役を勤めるピーター・フェリスはサー・ダンカンが昔から最も信頼してきた親友であり、サマーの名づけ親でもある。サマーは半ば上の空でうなずき、マクロード夫人と相談して準備万端を整えると約束した。

「おまえもとびきり着飾って私の目を楽しませておくれ」とも父は言った。「誰にも気兼ねのない服装ができるのは、たぶん今夜が最後だろうからな」

父の希望に添い、同時に自分自身の精神状態とも釣り合う服が、幸い一枚だけあった。父が見立てて買ってくれた黒のベルベットのドレスだ。長い袖に、スカートはタイト、襟ぐりは首のつけ根まであるボートネックと、一見おとなしさの見本のようだが、実際に身に着けると雰囲気は一変し、ひどくなまめかしい感じになる。しかも、後ろは腰の辺りまで深く切れ込んでいて、背中の大半が露出してしまうのだ。招待客が家族同然のフェリス夫妻でなかったら、とても着る気にはなれなかっただろうと思いながら、サマーは髪を緩く結い上げ、ダイヤモンドのイヤリングとブレスレットをつけて身支度を終えた。

「でかしたぞ、サマー」二階から玄関ホールに下りてきた娘をほれぼれと眺めながら、サー・ダンカンはうれしそうに言った。「実によく似合う。パパの見立ても、まんざら捨てたものではないだろう?」

今までほとんど手を通さなかったことに後ろめたさを感じながら笑顔でうなずいたとき、サマーの後ろでドアのチャイムが鳴った。「おや、まだ七時なのに……」と、いぶかしげにつぶやきながらも、父が急いでドアを開けた。しかし、笑顔でホールに足を踏み入れたのは、フェリス夫妻でなく……。

「こんばんは、サー」悠然と会釈した後、チェイス・ロリマーは父の後ろで棒立ちになったサマーに、「許しておくれ、ダーリン」と、なれなれしく呼びかけた。「こういう非常手段を取る以外になかったんだよ。六カ月なんて、やはり僕には待てない」

血の気を失った娘の顔が、今度は一気に紅潮するのを見つめながら、サー・ダンカンは困惑しきった顔で眉を寄せた。「サマー、これはいったい……」

「サマーがまだあなたのお耳に入れていないことは承知しておりますが、サー・ダンカン、あなたの娘さんと僕は先日、結婚の約束をいたしました」と、チェイスが流暢に言った。「ただ、初めて大使の重責を果たされるあなたのために、せめて数カ月でもクウールへ行ってお役に立ちたいとサマーに言われ、婚約発表を六カ月先へ延ばすことに一度は僕も同意しました。しかし、たぶんご理解いただけると思いますが、どう考えても、僕は待てないんです。いっそ、あなたがイギリスをお離れになる前に挙式して我々の前途を祝福していただけたらと考え、こうして失礼も顧みず参上したしだいです」

「サマー……」と、あっけにとられた声でつぶやく父の顔を、彼女はとても正視できなかった。父はさぞかし傷つき、怒っているに違いない。「こんなめでたい話を、なぜ今まで隠していたんだね?」と言う声に、サマーははっと顔を上げた。いちまつの寂しさこそ漂わせているものの、父の顔は柔和にほほ笑んでいる。「娘の幸せを妨害するほど身勝手な父親だとでも思ったのか?　もちろん、すぐに式を挙げなさい。私もおまえの幸せな花嫁姿を見届けてから、心おきなくクウールに赴任したいよ」

「そうおっしゃっていただけると思っていました」チェイスの緑の目が満足そうに笑った。

「ほら、僕の言ったとおりだろう?」と、彼は甘い声でつぶやきながら歩み寄ってサマーの片手を持ち上げ、震える指先にキスをした。「僕たちは五年前にジャージー島で知り合い、僕はその場で恋に落ちたんですが、それを打ち明ける前にサマーに逃げられてしまったんですよ、サー・ダンカン。それが、今から七カ月前に町でばったり再会して……」

「今度はサマーも逃げ出さなかったわけだ」父は得心したように大きくうなずいた。

「この僕が逃がさなかったんです」と、チェイスは得意げに言い直した。「ダーリン、そうだろう？」

「……ええ。でも、今夜のところは、ひとまずこれで帰ってちょうだい」サマーはチェイスへの憤怒を必死で抑えつけながら硬い声を絞り出した。「夕食にお招きしたお客さまが、そろそろお見えに……」

「客とはいえ、身内も同然の者たちだよ」と、父が横からチェイスに説明した。「君もぜひ今夜の仲間に入ってくれ。その前に、とりあえず三人で乾杯しなければいかんな。親に隠し事をしていた罰として、サマー、おまえがグラスを整えて書斎に持ってきなさい。その間に、私は未来の息子殿との親交を深めておくよ。さあ、来たまえ……おや、考えてみると、まだ名前も聞いていなかったんだな」

「チェイスです。チェイス・ロリマーと申します」

「すると……テレビ＝ウエストの？　そうだったのか。それなら、活躍ぶりは前々から聞いていたよ」

相好を崩して歩き始めたサー・ダンカンの後ろに続く前に、チェイスはサマーの耳もとに口を寄せてささやいた。「急に来て、すまなかったな」その実、すまなそうな表情はどこにも見当たらない。「何しろ、もうすっかり待ちくたびれたものだから……」

「たった二十四時間で？」父が足を止めてこちらを見ていなければ、チェイスの顔に爪を立ててやりたいところだ。

「一千と四百と四十分だよ」チェイスは芝居がかったため息を吐き出した。「間違いない。僕は一分ずつ数えていたんだ」

5

夕食が半ばごろまで進んだとき、サー・ダンカンがおもむろに咳払いして口を開いた。

「さて、ピーター、そしてモイラ、実は非常にうれしいニュースが、もう一つあるんだよ」

彼の隣に座ったサマーは、フェリス夫妻が意味ありげな目配せを交わすのを見て、急いで顔を伏せた。この家に来て先着の客の顔を見たときから、二人は父の言う〝うれしいニュース〟の中身にうすうす感づいていたらしい。サマーは手にしたシャンパンのグラスをもてあそびながら、死刑の宣告を受けるような気分で父の言葉の続きを待ち受けた。

「で、結婚式はいつなの?」と、サマーがモイラから質問されたのは、後刻、応接間のソファーに並んで座ってコーヒーを飲んでいるときだった。

「あの……それは……」

「必要な準備が整いしだいですよ。ぐずぐずしていて、サマーが心変わりでもしたら大変ですからね」

頭の真後ろからの声に驚いて、サマーはコーヒーをこぼしそうになり、父とピーターのところへ悠々と去っていくチェイスの背中に向かって胸の中で呪いの言葉を投げつけた。嘘をつくのは苦手なのに、今夜は何か質問されるたびに苦しい嘘を考え出さなくてはいけない。それもこれも、チェイスが……。

「わかるわ、彼の気持」というモイラの言葉で、またもやサマーはコーヒーをこぼしかけた。「私とピーターが結婚したときも同じだったわ。だから、あなたが今、何を考えているかも、ちゃんとわかるのよ」モイラは陽気な微笑でサマーを冷やかしながら立ち上がった。「私と席を代わってちょうだいな、チェイス。そうしてほしがっているの、サマーが」

泣きたい気持で身構えたサマーは、チェイスがどっかりとソファーに腰を下ろしたとたん、押し殺した小さな声でささやいた。「なぜ押しかけてきたりしたの？　父には私自身の口から話したかったわ」

「それはそれは、申し訳ないことをした」チェイスは耳もとで甘くつぶやいたが、彼の目は、自分で話す勇気があったのか？　と、意地悪く笑っている。

「でも、この際だから、今のうちにはっきりさせておきたいことがあるの」

「なんだい？」

「私の出した条件は、必ず守ってもらえるわね？」

「名目だけの夫婦ということ」奇妙なまでに深刻な顔で念を押した後、チェイスは不意に肩を小さく揺すって笑った。「僕に関する限り、守るのは簡単さ。だが、君のほうは大丈夫なのかい?」

ちょうどフェリス夫妻が帰り支度を始めたのを見て、サマーは救われた思いで立ち上がった。

「最高のお相手が見つかって、本当におめでとう、サマー」玄関ホールで別れのキスを交わしながら、モイラは心のこもった声でささやいた。「式の日取りが決まったら、真っ先に私に教えてね」

ホールまで見送りに出たのはサマーと父の二人きりだった。フェリス夫妻を送り出してドアを閉めた後、サー・ダンカンは軽いため息をつきながら娘に向き直った。「モイラの言うとおりだよ。精神的に軟弱な男では、マクドナルド家の娘にふさわしくない。遅かれ早かれ、妻に軽蔑されるのが落ちだからな。おまえが尊敬できる強い男――まさにチェイスのような男こそ、おまえには必要なんだ」サマーはヒステリックに泣き笑いしたい衝動に駆られた。「私自身も、あの男が大いに気に入ったよ」と、静かに言ってから、父は少し寂しそうな笑みを浮かべた。「ただ、欲を言えば、もっと早くに、おまえ自身の口から教えてもらいたかった」

「ごめんなさい。でも……私自身、チェイスがこれほど性急に事を運ぶとは思っていなかったの」

「どうやら、そのようだな」と言いながら、サー・ダンカンはつくづくと娘の顔を眺めた。

「念のためにたずねるが、サマー、この結婚を、おまえは本当に……本心から望んでいるんだろうな?」

「ええ」という、たったひと言の嘘を声に出すために、サマーは全身を切り刻まれるような痛みを味わった。

「それなら、パパはもう何も言うまい。もちろん、私のことは何も心配しなくていいんだぞ。クウール行きに当たっては政府が非常に優秀な青年を秘書兼補佐役としてつけてくれるそうだから、おまえは安心して新婚生活を楽しんでおくれ」

サー・ダンカンは無言で娘を促して応接間に戻り、残っていたチェイスとしばらく雑談してから再び立ち上がった。「老兵はここらで消えることにするよ、チェイス。君は存分にゆっくりしていってくれ」

男同士、別れの握手を交わす二人から目を背けて、サマーは懸命に歯を食いしばった。父は自分が邪悪な脅迫者の手を握っているなどとは夢にも知らないのだ。今夜のチェイスは恋に燃える誠実な男の役を恐ろしいほど見事に演じきっている。いっそ、自分が俳優としてテレビに出ればいいんだわ。

「父はああ言ったけれど、あなたもお忙しい身なんだし、無理にお引き止めはしないわよ」二人きりになったときから始まった重苦しい沈黙に耐えかねて、サマーは早口のかすれ声で言った。

「お優しい配慮、いたみ入るよ」と、チェイスは気取った口調で冷やかした。「しかし、あまりそそくさと帰っては、お父上に怪しまれるだろう？　それでなくとも、今夜の君は恋人への愛情表現を必要以上に抑制しすぎていたきらいがあるぞ。今後は少し演技の勉強をしたまえ。僕が教えてやろうか？」

「いいえ、結構よ」サマーはつかつかと窓に歩み寄って夜の庭に目を凝らした。「あなたから何か学ぼうなんて、さらさら思わないわ」

低い笑い声を含んだ温かい吐息にうなじをくすぐられ、彼女はチェイスが自分の真後ろに来て立ったことを知った。急に動悸がし始めた。

「そうかい？　昔の君は、やっきになって僕から何かを学ぼうとしていたように思うんだがね」

「私に昔のことを思い出させるのが、そんなに楽しいの？」と、言いながら、思わず憤然と振り向いた後で、サマーは自分の失敗を強く悔やんだ。あまりに近すぎるところにチェイスの顔があり、意味ありげな光を放つ緑の目が、しげしげと彼女の全身を眺め回していた。「お願い……もう帰ってちょうだい」恐怖に息が詰まりそうになりながらも、サマーはかろうじて小さな声を出した。「父には私から適当に説明しておくわ。だから……」

「わかったよ」チェイスの唇が冷たい笑みにゆがんだ。「しかし、まだ肝心の用事が……」

再び恐怖におののいたサマーを超然と見すえながら、彼はポケットから革張りの小箱を取り出して開けた。サファイアとダイヤモンドの放つ青みを帯びた透明な光が、毒矢のようにサマーの目を射た。「これだよ、僕の用事は。さあ、手を出したまえ」サマーの左手の指は無言の抗議を叫びながら固いこぶしを結んだ。その一本一本をチェイスは静かにほどき、美しい指輪を薬指のつけ根までしっかり差し込むと、やにわにてのひらを返して軽いキスを落とした。

「大きらいよ」真の憎悪に震えながら、サマーは低くうめいた。「あなたが憎いわ。殺してやりたい！」

「その大きらいな僕に、かつての君は大切な処女を自ら与えようとしたじゃないか」と、チェイスは残忍な甘い声で言った。「もっとも、あのときは、べつに僕でなくてもよかったんだろう？　男でさえあれば、誰でもよかったんだ」サマーの表情が無言の告白をしてしまったらしく、チェイスは満足そうに高笑いした。「で、最終的に君が処女を与えた相手も、そのことを知っているのかい？　男なら誰でもよかったんだと……」

「帰ってよ……帰って！」いまだかつて覚えのないほどのすさまじい怒りに目も耳もふさがれながら、サマーは最後の気力を振り絞って叫んだ。

暴風雨のような怒りがようやく遠のいたとき、サマーは無人の応接間の中央に立ち尽くし、左手に輝く銀色とブルーの冷たい光を食い入るように見つめていた。もう逃げられない。もう、どこへも……。

教会に飾る花。披露宴会場となる自宅の中の飾りつけ。業者に手配したメニューの確認……。長いリストに書き込まれた無数の雑事を、サマーは一つずつ丹念にチェックし続けていた。頭も体ももうくたくただが、ほかのことを考える暇も気力もないというのが、せめてもの救いなのかもしれない。

ごく内輪の、ささやかな結婚式にしようという当初の計画が、いつの間にこんな大げさなものになってしまったのだろう。今しがた最終的に確認したところ、招待客の数は優に五十人を超えていた。ウエディングドレスはダストカバーをかぶせてすでに寝室に吊るされ、明朝にはヘアデザイナーが来て花嫁の髪を結うことになっている。ということは……明日が、いよいよ結婚式の当日?

どうやら、そうらしい。先刻、豪華なウエディングケーキが慎重に家の中へ運び込まれたし、マクロード夫人は食器やグラス類の点検に忙しく、花嫁の付き添い役を務める親類の娘二人も、そろそろスコットランドから到着する時刻だ。しかし、その花嫁はどこにいるのだろう。この私自身が花嫁だなどとは、とうてい信じられないのだけれど……。

結婚式の当日は雲一つない好天のうちに明けたが、サマーは濃い霧に閉ざされた世界を気球で漂っているような奇妙な気分のままで夜明けを迎えた。周囲の人や物事のすべてが、霧の向こうの遠い景色のようにしか見えない。午前十一時ちょうど、マクロード夫人とモイラの二人が寝室に来てドレスの着つけを手伝い始めたとき、一瞬だけ霧が晴れ、サマーは、いやよ、着たくないわ。私、結婚したくないの！　と叫ばないために一分近くも息を止め続けた。

その後は、再び霧の中で時間が流れた。いつの間にか、サマーは車に乗せられ、そして、いつの間にか、教会の祭壇の前で誓いの言葉を述べていた。冷たくしびれた左手をチェイスの温かい手が握り、薬指に結婚指輪を静かにはめた。ほどなく、結婚の儀式はすべて終わり、新郎新婦は参会者の笑顔に迎えられて教会の前庭に出た。歓声があがり、立て続けにカメラのフラッシュがたかれた。そのときだ、丈夫な防護膜のようにサマーを包んでいた白い霧は不意に消え、今度は二度と戻ってこなかった。恐ろしい姿を現した現実の前で、彼女の心は羽をむしられた小鳥のように震えるばかりだった。

「妹のヘレナだよ」

後刻、盛大な披露宴の会場をゆっくりと歩きながら招待客に挨拶(あいさつ)して回っているとき、二人の前に笑顔で進み出た長身の女性をチェイスが紹介した。少なくともサマーが現実の世界に引き戻されて以来、彼はかたときもそばを離れず、また、彼の顔から上機嫌の笑みが絶えたことは一秒もない。

「今日になるまで会わせてくれないなんて、ずいぶんひどいじゃないの」恨みがましい口調と裏腹に、兄を見るヘレナのブルーの目には陽気な光が躍っている。その目の色さえ除けば、チェイスの顔をそのまま女性にしたような面立ちだ。兄との年の差もせいぜい一つか二つだろうか。「ところで、サマー、あなたはもうご存じなの？」

「な……何をでしょうか」

返事の代わりにヘレナはにっこりと笑い、さっきまで自分がいた席の辺りへ向けて手を振った。三十代後半とおぼしき砂色の髪の男性が、人の良さそうな顔をこちらに向けて会釈している。その横に……。サマーは強く目をしばたたいてから、もう一度見つめ直した。やはり、目の錯覚ではなかった。チェイスとヘレナにそっくりの男の子――砂色の髪と茶色の髪をした男の子が、それぞれ二人ずつ！

「私たちの両親は一組だけでやめてしまったけれど、ジョンと私は勇敢にも、二度目の賭に挑戦したのよ」と、しかつめらしい顔でヘレナは言った。「でも、さすがに三度目まではねえ」

「すると……あなたとチェイスも……双子？」

あっけにとられたサマーの顔を見て、ヘレナはくすくすと笑った。「もちろんよ。うちの家系では五世代前から、なぜか双子がよく生まれるの。私たち夫婦の上を行く三組以上の双子を持つんだって、兄は前々から広言しているんだけど、案の定、まだあなたには話せずにいたようね。結婚前に話したら、あなたがおじ気づいて逃げ出すと思ったんだわ。

ねえ、チェイス、そうなんでしょう？」

「うっかり忘れてたんだよ――いろいろ、取り込んでいて」チェイスは妹に見せつけるようにサマーの腰を抱き寄せながら平然とつぶやいた。

「あらあら、いつから物忘れするようになったの？　気の毒に」と、ヘレナは笑った。

「で、バーンウェルに引っ越してくる日は決まったの？」

「いや、まだだが、なるべく早くとは思っている」

「あなたも大変ね、サマー」と、ヘレナは申し訳なさそうに言った。「ご存じでしょうけれど、晩年のチャールズ伯父は住まいのことにほとんど頓着しなかったものだから、家の中は相当に荒れているの。お手伝いできることがあったら、何でも言ってね。あなたは今後も仕事をお続けになるんでしょう？」

「ええ、コンピュータのプログラム作りは自宅でできる仕事ですし、続けたいと思っています」

「何よ、その顔は！」兄の顔をちらりと見て、ヘレナは笑い転げた。「自立した妻を持つことがお気に召さないようだけれど、気にしなくっていいのよ、サマー。女だって、男性に頼るしか能のない、か弱き動物じゃないってことを、とっくりと兄に教えてやってちょうだいな。私なんて、たった十分違って生まれたばかりに、今までどれだけ兄から……」

「こっちへ来て助けてくれよ、ジョン」チェイスが哀れな顔で年上の義弟に加勢を求めると、それを待っていたかのように、四人の少年が父親をせき立てながらこちらにやってきた。四人が四人とも、チェイスに心からなついている様子を見てサマーは意外な感に打たれたが、少年たちは間もなく、あまり騒ぎすぎた罰として母親に追い払われてしまった。

「せめて一人は娘が欲しかったわ」料理のテーブルへ向けて陽気に退却していく息子たちを見ながら、ヘレナは残念そうに言った。「後は、あなただけが頼りよ、サマー。ぜひ、最初の一組は女の……」

「叔母にそっくりの、アマゾネスの双子か?」チェイスは大げさに顔をしかめた。「勘弁してくれよ」

「うん、君の気持はよくわかる」と、ジョンが笑いながら口をはさみ、それを潮にチェイスをつかまえて自分の仕事の相談を持ちかけた。

「兄の前では絶対に言えないんだけれど……」男たちが話を続けながら少し遠くへ歩いていった後、ヘレナは秘密めかして打ち明けた。「私、本当は兄が大好きなの。だから、あなたとようとう結婚できて、本当によかったと思っているのよ」

「ご存じだったんですか?……私のこと」

「ええ、五年前にあなたの写真を見て以来」と、ヘレナは静かに答えた。「兄はジャージー島から帰って私の家へ来たとたん、高熱を出して寝込んでしまったの。たぶん、過労が重なっていたんでしょうね。そのときに兄の荷物を整理していて、たまたま写真を見てしまったのよ。もちろん兄には黙っていたし、兄も私にはひと言もしゃべらなかったけれど、あなたをどう思っているかはすぐにわかったわ。そういうものなのよ、双子って」

　全身の震えを悟られまいとして、サマーは必死の努力を払った。チェイスの妹に心ならずも好意を持ってしまった自分がつくづく恨めしかった。こんなにも気さくで温かそうな心の持ち主に、どうして真相を暴露できるだろう――あなたのお兄さんは財産欲しさに私を脅迫している極悪人です、などと。

　サマーにとっては果てしない拷問に等しい盛大な披露宴も、やがて終わりに近づき、あとは新婚旅行に出発する新郎新婦の見送りを残すだけとなった。もっとも、着替えのために二階に上がるときになっても、彼女はまだ行き先を知らされていなかったが、チェイスの言うところによると、持っていく荷物はマクロード夫人の手ですでに整っているそうだ。

　寝室ではチェイスの言った荷物のほかに、ベッドの上に広げられたレモン色の麻のスーツと笑顔のモイラが花嫁を待ち受けていた。先日、そのモイラと買い物に行ったときに、もっと地味な色を選んでおけばよかったとサマーは悔やんだが、もちろん今では後の祭りだ。しぶしぶ着替えを終えて軽く化粧を直しているとき、ドアにノックが聞こえてチェイスが入ってきた。

「君のスーツケースを取りに来たんだ」鏡越しに視線を合わせながら、彼は穏やかに言った。「君も早く下りてきてくれ。五分以内だぞ」

「もし遅刻したら、あなたは一人で出発するの？」というサマーの返事に、モイラが明るい声で笑った。彼女は新婚夫婦が鏡越しに交わしている視線の冷たさに、少しも気づいていなかった。

階下に下りたサマーにとって最後の試練は、口々に祝福の言葉を用意して二列に並んだ人々の間を、花嫁にふさわしい笑顔でゆっくりと通り抜けることだった。今では正式にクウール大使となった父に抱きついてキスを交わしたとき、この父もまた、月末にはこの家を出て旅立ってしまうという事実が初めて実感として彼女の胸を打った。

言いようのない心細さと孤独感に胸をふさがれたまま、サマーは人々の歓呼の声に送られてシルバーグレーのメルセデスに乗り込んだ。チェイスも運転席に乗り込み、再びあがった歓声を受けながら、車は滑るように走り出した。

その車が止まったのは、夏の観光シーズンでにぎわうヒースロー空港の駐車場だった。出発ロビーの雑踏の中をチェイスは二人分のスーツケースをさげて足早に進み、その後ろを行くサマーは彼の背中だけを見つめてひたすら足を運んだ――新しい飼い主に付き従う犬のようだと自分をあざけりながら。

「お手荷物は、どうぞこちらへ」チェイスから搭乗券を見せられた空港客室乗務員が、うっとりしたような笑顔で彼を見上げるのを見て、サマーは胃の辺りに奇妙な違和感を覚えた。「間もなく出発いたしますので、急ぎご搭乗くださいませ」

客室乗務員が示した搭乗ゲートの表示を見上げたとたん、サマーは急に足場を失ったような感覚を味わった。「ジャージー島行き……。私たち、ジャージー島へ行くの?」

「そうとも。なかなかにロマンチックなアイディアだろう?」チェイスは得意げにつぶやき、サマーは公衆の面前でヒステリックに絶叫するという醜態を食い止めるために、必死で息を止めて力まかせにこぶしを握り締めた。チェイスがハネムーンの地にジャージー島を選んだ理由が何であれ、ロマンチックな動機から発したものでないことだけは確かだ。

それから先、二人は一度も口をきかないまま飛行機に乗り込み、チェイスはサマーを窓側の席に座らせて自分は通路側に座った。むしろ逆のほうがよかったとサマーは思った。乗り物に格別弱いというわけではないが、このところの精神的重圧に加えて今朝からの激しい緊張と疲労で、軽い頭痛と吐き気が続いている。飛行機の機体が滑走路から離れた瞬間、彼女は矢も盾もたまらず片手を伸ばしてチェイスの手を握り締め、固く目を閉じて恐怖と闘った。

「やれやれ、ほっとしたよ、君も人間だったということがわかって」水平飛行に移って機体が安定したとき、チェイスはサマーが大急ぎで手を離すのを見ながら低く笑った。「よくできたロボットと結婚したんじゃないかと思って、実は心配していたんだ」

「あなたが結婚した相手は、若気のあやまちにつけ込まれて卑劣な脅迫の罠に落ちた哀れな犠牲者よ」

「そう悲観的になるなよ。約束の一年間が過ぎて離婚するときには、それまでの君の協力度に応じた額の小切手を渡してもいいと思っているんだぞ」

「要らないわ、そんなもの。私が欲しいのは……」

「あの写真のネガフィルムだろう? わかっているとも」チェイスは尊大にほほ笑んだ。「それにしても、たった五年間で、よくもそこまで変身できたものだな。ここにいる氷の塊のような淑女が、以前は数々の男のベッドを渡り歩いていた向こう見ずな少女だったとは、とても信じられない気がするよ」

探るようなチェイスの視線を浴びて、サマーの胸は不安に轟いた。本当はいまだに処女だということがわかったら、チェイスはどんなに私を笑い、軽蔑することか……。

だが、幸いにもチェイスは話をやめて雑誌を読み始め、サマーは内心の不安を悟られることなく、無事にジャージー島の空港に降り立つことができた。息苦しい胸騒ぎが再び襲ってきたのは、予約してあったレンタカーをチェイスが島の表通りに向けて発進させたときだ。「どこなの?……ホテルは」

「このロマンチックな僕が、エルミタージュ以外のホテルを予約すると思うのかい?」チェイスは独りよがりの笑みを浮かべた。「何しろ、君と初めて出会った思い出の場所……」

「やめて!」サマーは金切り声で叫び、無我夢中でドアの取っ手を動かした。とたんに車はタイヤをきしませて道路の端に急停止した。

「何を考えているんだ！」血相を変えたチェイスがサマーの両肩をつかんで乱暴に揺さぶった。「車から飛び降りて自殺するつもりだったのか？」

「ええ、あなたに協力するためにね」と、サマーは捨て鉢に言い返した。「私が死ねば、あなたは明日にも財産を相続できるんじゃないの？」

突然、サマーの肩をわしづかみにしていた手の力を緩めて、チェイスはもどかしげな深いため息を吐き出した。「君が恨みに思うのも無理ないが、せめて、この島にいる間だけは休戦協定を結ばないか？　とにもかくにも、これはハネムーンなんだぞ」はっとしたサマーの表情を見て、彼は冷やかすように笑った。「心配しなくとも、僕は続き部屋（スイート）を予約しておいたよ。寝室も、ちゃんと二つある」

「心配なんかしていなかったわ」と、サマーは負けずに言い返した。本当の不安材料は、エルミタージュホテルそのものだったからだ。アンドルーは、今もあそこで働いているのだろうか。

だが、考えてみれば実に奇妙だ。アンドルーの裏切りを知ったときの苦悩はもとより、彼と婚約していたという事実さえ、ほとんど忘れかけていた。五年間、夢にまで現れて私を苦しめ続けていた記憶は、このチェイスとの……。

「サマー？」と、静かに呼びかける声を聞いて、彼女は思わず顔を上げた。チェイスの顔が急速に近づいてくる意味がわかったときは手遅れだった。背けようとした顎は長くしなやかな指にしっかりとつかまえられ、急に大きく震え始めた唇に、彼の唇が舞い下りてクールなキスを押し当てた。しかし、その唇が官能的な動きを始める前に、サマーは満身の力を込めて相手の体を突き離し、かすれた小さな声を出した。「約束したはずよ！」

「それはそうだが……」チェイスは親指の先で平然と彼女の唇をなで回しながらつぶやいた。「キスをせがんでいるように見えたんだよ――この唇が」

「……だとしても、あなたにはせがんだりしないわ、絶対に」危険をはらんだ鋭い光が緑の目にともったが、サマーはあえて無視した。「私、あなたには指一本でも触れてほしくないのよ、チェイス・ロリマー。キスなんかしてほしくないし、それに……」

再び迫ってきた凶暴な唇がサマーの口を封じ、息を止め、強いめまいを引き起こした。

「これで無事、休戦協定の調印式は終わったことにしようじゃないか」ようやく顔を上げてサマーを解放した後、チェイスは陰険な甘い声で言った。「サー・ダンカンの話によると、君は短気で荒っぽいマクドナルド家の気性をかなり濃厚に受け継いでいるそうだが、僕の前ではその気性を抑える努力をしたほうが身のためだと思うよ」

「そうしないと、私は平手打ちのおしおきを受けるんでしょうね」サマーは憤然と顎を上げて言い返した。「本当に男らしい男は、女性に向かって手を上げたりしないものだって聞いているけれど？」

「誰が君に手を上げるなんて言った？」と、チェイスは穏やかに笑った。「それから、もう一つだけ注意しておくが、僕の男性度について質問するときは、よくよく考えてからにしたまえ。でないと僕は、例の約束を君自身が破りたがっているんだと勘違いしてしまう」

再び走り始めた車の中で、サマーは運転席から顔を背けてひたすら車窓の景色に目を凝らした。早くシャワーを浴びて、そのままベッドに直行すること以外、もう何も考えたくない。朝日の中で目を覚ましてみたら、チェイス・ロリマーと結婚してしまったという事実……いや、彼の存在自体、すべて私の妄想が創(つく)り出した悪夢だったということにならないものだろうか。

6

エルミタージュホテルの正面ロビーは緑と白の明るい感じに塗り替えられ、フロントに立っている二人の受付嬢もサマーには初めて見る顔だった。ほっとすると同時に、苦い笑いがこみ上げてくる。あんなにも野心に燃えていたアンドルーとジュディスが、いつまでも同じ場所に甘んじているはずはない。たぶん今ごろは、カリブ海かどこかの……。

「昔の思い出に浸っているのかい？」チェックインを終えたチェイスが、サマーをエレベーターのほうへ導きながら言った。「もちろん、今となっては楽しい思い出なんだろうな。君が処女を与えた相手は、ここで君と喧嘩別れした、例の彼なんだろう？　結局、どこで再会して結ばれたんだい？　彼の職業は？」

「答えたくないわ、何も」と、冷ややかに言いながら、サマーは下りてきたエレベーターに乗り込んだ。

「なぜだい？」チェイスは楽しそうに言って降りる階のボタンを押した。「どうせ、彼の後にも大勢の男と付き合ったんだろう？　初めての相手のことなんか、君にとってはすっかり時効になっているはず……」

「女は初めての男性のことを生涯忘れないそうよ」思わず挑戦的に言い返したとたん、サマーは背筋に強い震えを感じた。この五年間、チェイスに関する記憶をついぞ忘れることができなかったのは、そのせいだろうか。私にとっては、チェイスこそ、いわば〝初めての男性〟だったから？

「じゃあ、せめて、わざわざ彼のことを思い出すのだけはやめたまえ」チェイスは急に声を荒らげて命じ、エレベーターのドアが開くのを待ちかねたように外に飛び出した。

サマーが連れていかれたのは、暮れなずむ海の壮大な景色を大きなフランス窓の向こうに一望できる優雅な居間だった。窓の外は椅子四つと小さなテーブルを配置した専用テラスになっている。

「寝室の造りはどちらも同じらしいが、君が見て好きなほうを選んでくれ」居間の片側に二つ並んだドアを示して言った後、チェイスは部屋の隅にある作りつけの小さなバーのところへ歩いていった。「君も一杯どうだい？」

「いいえ、結構よ」サマーは早口で答え、自分に近いほうのドアを急いで開けた。「少し疲れたわ。シャワーを浴びてひと休みしたいの」

サマーの内心の狼狽(ろうばい)を見透かしたような冷たい笑いがチェイスの口もとに漂った。「いいとも。邪魔はしないから、せいぜいゆっくり休みたまえ」彼は自分用に作った飲み物のグラスを片手に、夕闇(ゆうやみ)のテラスへと出ていった。

サマーはなぜか金縛りに遭ったように息を止めてチェイスの後ろ姿をまじまじと見つめていた。たった今、心の中でちらりと動いた感情は、いったい何だったのだろう。あの大きな背中に駆け寄って、後ろから抱きつきたい？……まさか！　彼女は大急ぎで寝室に入ってドアを閉めた。

真っ先に目に飛び込んできた豪華なダブルベッドから顔を背け、サマーはおずおずと周囲を見回した。居間と同様、海側に面した美しい部屋だ。奥のドアに続く専用の浴室にも寝室と同じ淡い色調の装飾が施されていた。丸い浴槽は、大人二人がゆったりと入れるほどの大きさだ。

その浴室で体を洗っている間中、サマーは胸を締めつけられるような息苦しさに悩まされ続けた。いくら考えまいとしても、五年前に見たチェイスのたくましい裸体が脳裏を離れず、彼と抱き合っていたときの、あの燃えるような感覚がよみがえろうとするのだ。

入浴する前よりもさらに疲れ果てた思いで寝室に戻ってみると、マクロード夫人が荷造りしてくれたスーツケースが椅子の上に置いてあった。この部屋に入ったのはボーイだろうか。それともチェイス？　いずれにしても、居間は続き部屋(スイート)のどこかに人がいる気配は全く感じられないから、チェイスは外出したらしい。大いに喜ぶべきことだと自分に言い聞かせながら、サマーは黙々と荷ほどきを始めた。

三十分後、彼女は今しがた入ったばかりのベッドを再び抜け出してジーンズとTシャツに着替えた。体はくたくたに疲れているのに、横になっていてもとうてい眠れそうにないとわかったからだ。

一階のロビーは夕食のために海から引き揚げてきた泊まり客でにぎわい、入口近くのバーもかなり混雑していたが、チェイスの姿はどこにも見当たらない。すると、私はチェイスを捜しに、わざわざ出てきたのだろうか。会いたくもないのに？

自分自身への怒りを持て余したサマーが、やみくもに戸外へ飛び出そうとしたとき、ちょうど外から入ってきてぶつかりそうになった誰かが不意に彼女の両肩をつかんだ。「サマーじゃないか！」

驚いて顔を上げてみると……。「アンドルー！　まだここで働いていたの？　私は、てっきり……」

「よそに移ったと思っていた？」アンドルーは愉快そうに口もとをほころばせた。その微笑に、かつてのサマーは夢中になったものだが、五年の歳月はアンドルーに対してあまり好意的ではなかったようだ。豊かだった金髪は生え際が目に見えて後退し、スリムで引き締まっていた胴や腰の周囲には、明らかに必要以上の肉がついている。「しかし、それならなぜ、このホテルに来たんだい？」

僕に会いに来たくせに、という意味だと理解するまでに、サマーは数秒を要した。「観光よ、単に」アンドルーの虚栄心に腹を立てるより、むしろ哀れみを覚えながら、彼女は淡々と答えた。本当に私は、この人と結婚する気でいたのだろうか。今となっては、ジュディス・バーンズに感謝したいぐらいだ。

「観光旅行に、たった一人きりで？」

「いいえ、夫といっしょよ」サマーはクールな笑顔で答え、相手の表情を見て意地悪な満足感に浸った。

「そうか。結婚したのか」アンドルーはサマーの左手を取り、結婚指輪を見つめながら小さなため息をついた。「僕があんな大ばか者でさえなかったら、君は僕と結婚してくれていたのに。あんなふうに君を傷つけたことは、今でも後悔しているんだ」

「でも、あなたと結婚した後でジュディスのことを知ったら、私はもっと傷ついたと思うわ。そう言えば、彼女と二人でカリブにホテルを持つ計画は、その後どうなったの？　その計画に必要な、私のようにお人好しの女の子が見つからなかったの？」

「あんな計画！」と、アンドルーは吐き捨てるように言った。「僕自身は少しも本気じゃなかった」

「すると、あなたはジュディスと私の両方に嘘をついていたとでも言いたいの？」サマーは微笑しながら言った。「幸か不幸か、私はもう世間知らずの十八歳じゃないのよ。だから……」

「ここにいたのかい、ダーリン」深みのある甘い声がサマーの頭の真後ろでし、太い腕が彼女の腰を抱えて後ろへ引き寄せた。「君の知り合い？　ぜひ紹介してくれよ」妻とアンドルーの顔を見比べながらチェイスは愛想良く言ったが、サマーが小声で紹介する間、二人の男は相手を値踏みし合う野獣のような目で互いを観察していた。

「サマーがあなたのような人を見つけたとわかって、僕もほっとしましたよ」と、おもむろにアンドルーが言った。「僕とサマーは以前、婚約していたんですが、僕のせいで彼女を傷つけてしまったものですから、僕はひどく申し訳なく思っていたんです」一つ、もめ事を起こしてやろうという意図は明白だ。

「あ、あのことですか」と、チェイスは軽くいなした。「なんでも、あなたが別の女性とベッドに入っている現場をサマーが目撃したとか？」たちまち顔を真っ赤にしたアンドルーに目もくれず、彼は突然、とろけるように甘い笑みを浮かべて妻に顔を寄せた。「寂しかったのかい？　てっきり眠っていると思ったものだから、黙って出てきてしまったんだよ。すまなかったね、許しておくれ」

いたたまれなくなったのか、アンドルーは何か仕事のことをつぶやきながら、そそくさと立ち去った。

「なるほど、ここに泊まると聞いて、君があんなに動揺したわけがわかったよ」アンドルーの姿がフロントの奥に消えた後、チェイスは静かに言った。「彼がまだここにいることは知っていたのかい？」

「いいえ」アンドルーの存在すら忘れかけていたからこそ、ショックがあれほど大きかったのだが、それを告白することはプライドが許さなかった。

「とにかく、一つだけはっきりさせておこう」チェイスは相変わらず穏やかに言いながらサマーの二の腕に鋭い指先をじわじわと食い込ませた。「過去における君のライフスタイルがどうであれ、僕と結婚している限り、外に愛人を持つことは差し控えてくれ。もし、どうしても愛人が欲しければ……」

「欲しくないわ、そんなもの！」サマーはつかまれた腕を無理やり振りほどいてエレベーターへと急いだ。チェイスはすぐに追ってきたが、満員に近いエレベーターの中で話を蒸し返すことは、さすがに気が引けたらしい。彼から顔を背けて固く口を閉ざしたサマーの耳の中で、〝もし、どうしても愛人が欲しければ〟という言葉が無限にこだまし続けた。ほかならぬチェイスのせいで、愛人などつくりたくてもつくれない女になってしまったのに……。

続き部屋に戻ってドアを閉めるやいなや、チェイスは待ちかねたように口を開いた。

「さっき言ったことは本気だぞ。君が昔の愛人とよりを戻すような気配が少しでも見えたら、僕は……」

「どうするの？　あなたは」サマーは悔し涙の光る目でチェイスをにらみつけた。「脅し文句は、もう聞き飽きたわ。どうせ……」突然、彼女はチェイスを押しのけて寝室に飛び込み、急いでドアをロックした。こうでもしなければ、とんでもないことを口走るところだった――どうせ、私を抱く勇気もないくせに、と。けれど、なぜ、そんなことを? ひょっとして、チェイスに抱かれたかったのだろうか。自尊心が勢い込んで答える前に、もっと正直な声がささやいた。ええ、そのとおりよ。

サマーは大きくよろめきながらベッドの端に腰を下ろし、ついに認めてしまった恐ろしい真実と向き合いながら宙の一点を見すえた。この五年間、交際を申し込んできた男性に許したのは、せいぜいキス止まりだが、誰とキスをしても、思い出すのはチェイスの感触ばかりだった。そのチェイスから、あんな形で拒絶された苦い体験さえなかったら、今ごろは本当の新婚夫婦として……。

さわやかな朝日と抜けるような青空の下、サマーは天候と正反対の重い心を抱えてテラスで一人きりの朝食をとっていた。目が覚めたとき、すでにチェイスは続き部屋から消えていた。今日一日、どうやって過ごせばいいのだろう。どこかで車を借りてドライブに出ることぐらいしか思いつけない。

朝食を終えて居間に戻ったとき、ドアにノックが聞こえた。食事のトレイを下げに来たメイドだろうと思い、サマーは「どうぞ!」と、呼びかけたが、入ってきたのは笑顔のアンドルーだった。

「ご亭主はゴルフに行ったようだね。よかったら、ドライブに行かないか？　今日は非番なんだ」

昨夜のチェイスの警告が耳もとによみがえり、同時に、反抗心が燃え上がった。「いいわよ。支度をするから、五分だけ待ってちょうだい」

「いいとも、水着も持ったほうがいいよ」

白いTシャツと細身のジーンズに着替えて居間に戻ってきたサマーを、アンドルーは舌なめずりしたい思いでほれぼれと見つめた。以前はやせすぎて貧相な感じさえあったのに、五年後の今はスリムな中にも女性らしい丸みと色気が加わって、まるで別人のようだ。二つ返事で誘いに乗ってきたことから考えても、あわよくば……。「じゃあ、出かけようか。僕は従業員用の駐車場に車を取りに行くから、先に正門の辺りへ行っててくれるかい？」

誰の目を恐れているのだろうと心の中で笑いながら、サマーは軽くうなずいた。アンドルーの胸中や言葉の裏を読み取るぐらい、今では造作もない。

アンドルーの真紅の小型車に乗り込んでシートベルトを締めようとしたとき、何げなく上げた手がグローブボックスに当たってふたが勢いよく開き、携帯用の化粧袋と花柄のスカーフが顔を出した。

「ジュディスのなんだ」と、アンドルーが渋い顔で説明した。「実は、君がいなくなった直後に結婚したんだよ。僕としては不本意だったんだが、妊娠していると言われては、逃げようがないだろう？　わが人生、最大のあやまちだったよ」

　サマーは少しも同情を感じなかったが、ジュディスがあれほどまでに露骨な敵意をぶつけてきたわけは理解できたように思った。奔放きわまる発言とは裏腹に、彼女は本気でアンドルーを愛し、胎内に宿ったわが子と自分を守ることに必死だったのだろう。

　周囲を岩で囲まれた小さな砂浜に連れていかれたサマーは、アンドルーが少し離れた場所に車を置きに行っている間にジーンズを脱ぎ、ビーチタオルの上で脚にサンオイルを塗り終えていた。

「少し待ってくれてたら、僕が塗ってあげたのに」あからさまな賞賛の視線を送りながら、アンドルーは恨めしそうに言った。「じゃあ、背中に塗ってやろう。Tシャツなんか、早く脱いでしまえよ」

「もうしばらくは着たままでいるわ。私、肌が弱いから」サマーはにっこりと笑ってかぶりを振った。

　五年前と違って、アンドルーが本気で言い寄ろうとしていることは明白だったが、サマーはそれをやすやすと受け流し、つけ入るすきを一度も与えないまま夕刻前にホテルへ戻った。それでもなおアンドルーは望みを捨てたくないらしく、ごていねいにも部屋までエスコートしていくと言い張った。

アンドルーが続き部屋のドアを開けた瞬間、チェイスの険しい顔がサマーをにらみつけた。そして、彼の陰から現れた女性が……。

「ほうら、私の言ったとおりでしょう？」ヒステリックな声でチェイスに訴えたのは、五年前に比べてかなり体型の崩れたジュディスだった。「私、最初からわかってたわ。この人はアンドルーのことが忘れられなくて、私から夫を奪いに来たのよ！」

「やめないか、ジュディス」と、アンドルーが慌てて進み出た。「誤解だ。僕たちは単に……」

「夫婦喧嘩は別の場所でやってくれ」チェイスは尊大なしぐさでアンドルーとジュディスを部屋から追い立てた後、陰険な薄笑いを浮かべながらサマーに向き直った。「楽しい半日を過ごしてきたようだね。もちろん、あの男に妻子がいるとは、少しも知らなかったと言う気なんだろう？」

「いいえ、今朝聞いたわ。でも、私は……」

「気にかける必要もないことだと思ったわけだ」

強引に言葉尻を奪って微笑するチェイスを見たとたん、サマーは燃え上がった怒りに胸をふさがれた。

「私はあなたの所有物じゃないのよ、チェイス。あなたから脅迫されて、しかたなく結婚したけれど、昔の知り合いと外出したぐらいで……」

「昔の愛人と寝たぐらいで、だろう?」チェイスの形相が不意に変わったのを見て、サマーは思わず後ずさりした。「君は今まで、よほど巧みにマスコミの目をかいくぐって楽しんできたと見える。昨日、あれだけはっきりと警告されたにもかかわらず、半日ももたないうちにこんなことをしでかしたのは、一日たりとも男なしで暮らせない体になっているからなんだろう? それほど男が欲しいなら、この僕が喜んで相手をしてやるよ。そうすれば、少なくとも、よその家庭を壊さずにすむ」

荒々しく投げつけられる言葉に呆然と聞き入っていたサマーは、チェイスが足を踏み出す気配を悟って大きく後ろへ飛びのいた。「来ないで! 結婚は名目だけだって約束してくれたでしょう? だいいち、私はアンドルーと何も……」そこまで言ったとき、伸びてきたチェイスの手がサマーの体をつかまえて太い腕の中に抱え上げた。彼はそのまま居間を横切り、自分の寝室のドアを肩で押し開けて中に入った。恐怖に錯乱しそうな意識の片隅で、サマーはその部屋の造りも内装も調度も、自分の使っている寝室と寸分違わないということをかろうじて見て取った。唯一の違いは、窓が海に面していないことだけだ。

「結婚するときの話は、これといっさい無関係だ」チェイスはサマーをダブルベッドに投げ下ろし、自分もベッドに上がりながら彼女の白いTシャツの裾をジーンズから引き抜いた。「僕は五年前にやり残した宿題を、遅ればせながら仕上げようとしているだけだよ。ずいぶん待たせて、すまなかったね」彼は毒のある甘い声で言いながら、Tシャツを無理やりはぎ取って遠くへ投げ捨てた。

「待って。冷静になってよ、チェイス」サマーは消え入りそうな声で訴えた。「あのとき私があなたに声をかけたのは……」

「婚約者の代役を務めてくれそうな男を探していたからだよ」チェイスは必死で胸を隠そうとするサマーの両手をつかまえて背中の後ろに回し、両方の手首を片手でしっかりと握った。後ろ手に縛られたも同然の姿にされたサマーは、もはや言葉も失って絶望的に彼の顔を見つめることしかできなかった。

「あの男の妻が言ったとおり、君はかつての婚約者を忘れられなくて、ひどく苦労しているようだな。何人の代役を見つけて情事を重ねても、いまだに忘れられないんだろう？安心したまえ、僕が忘れさせてやるよ」冷たくせせら笑う声とともに、小さなレースのブラジャーはホックを外されてベッドに落ちた。「今日から先、君が喜びの絶頂で叫ぶ名前はアンドルーじゃない。チェイスだ。この僕の名前だよ」

猛然と迫ってきた唇がサマーの口をふさいだが、その数秒前から、彼女は捨て鉢な覚悟を固めていた。体力ではとうてい太刀打ちできない以上、残された道は一つしかない。これから先、何をされても黙って耐え、心の扉を冷たく閉ざして無言の拒絶を続けるだけだ。そうすることで、せめてもの抵抗の意思を見せつけよう。

しかし、全身に重くのしかかってきたチェイスの体の熱と、凶暴さの中にも狂おしい情熱をさらけ出した強烈なキスは、たちまちのうちにサマーの心の壁を突き崩し、意志の力では制御しきれない熱い反応を体の中に巻き起こした。彼女の胸はしだいに熱を帯び、その先端は固い蕾に変わった。チェイスの愛撫に、サマーの口から苦悩と歓喜の入りまじったうめき声があがったとたん、まるでそれに応えるかのように、チェイスの喉の奥から、もっと荒々しい声がもれた。

背中の両手が不意に自由になったのを感じたサマーは、チェイスの体を突き放すために急いで両手を前に回した。ところが、結果的にその手はワイシャツのボタンを外そうとしていたチェイスの手助けをすることになり、数秒後には彼の背中にしっかりと巻きついて、滑らかな素肌に爪を立てていた。

「サマー……」と、くぐもった声でつぶやきながら、チェイスはもどかしげに彼女の細身のジーンズを引き抜いた。「美しい……君は実に美しいよ、サマー」小さな布切れ一枚をとどめるだけになった彼女の体を、欲望の渦巻く緑の目が隅から隅まで検分していく。その視線が移動するたびに、焼きごてを当てられたような感覚を肌に味わいながら、サマーは息をすることも忘れて彼の顔に見入っていた。チェイスは本当に、男性としての欲望を感じているのだろうか――この私に？

その無言の問いを聞きつけたかのように、チェイスがしわがれた声で言った。「おかしくなりそうだよ、君が欲しくて」熱い大きな震えがサマーの全身を走り抜けた瞬間、彼女は不意に抱き起こされて強く抱きすくめられた。「今度は君の番だ。さあ、言いたまえ、僕が欲しいと」

頭の中で鳴り響く警告を無視して、サマーはおずおずと口を開いた。「ええ。私も……」

「もっと大きな声で！」と、容赦ない声が命じた。

「私も、あなたが欲しいわ、チェイス」

半ば自暴自棄に言い終えたサマーは、自分の体から最後の布切れがはぎ取られるのを感じて気の遠くなるような興奮に体を震わせた。チェイスもまた大きく体を震わせ、自分の服を手早く脱ぎ捨ててサマーを再びベッドの上に倒した。

カーテン越しに照りつける夕日の中で、チェイスはサマーをしなやかな手と指先でくまなく愛撫し、手の去った後には熱いキスの雨を降らせた。彼の有声無声の命令に応えて、サマーの手と唇と舌も、情熱のたけを吐き出すかのように狂おしい動きを繰り広げていた。彼女の頭の中には濃く甘い蜜のようなものが充満し、不安や羞恥心やプライドはいつの間にか跡形もなく消え去っていた。

やがて、チェイスはサマーの上に起き上がり、ゆっくりと上体を倒しながら荒々しい声を彼女の耳に吹き込んだ。「最後の証明をしてくれ……さっきの言葉が嘘じゃないという証明だ。僕はもう、一秒たりとも待てない」

そのとき、たぎっていた彼女の血が突然、血管の中で凍りつきそうになった。私がまだ処女だということを知られてしまう。あの浜辺の出来事が原因で、チェイス以外のすべての男性に拒否反応を示す体になったということも……。「だめ！　許して」彼女は硬直した体を必死で動かしてチェイスから逃げようとした。

「だめだ？」怒りに血の気を失ったチェイスの顔が真上からサマーを見下ろした。「ほかの男たちにはよくて、この僕にだけはだめだと言うのか？　僕も、ずいぶん甘く見られたものだ！」

「違うのよ、チェイス」両手両脚をベッドに押しつけられたサマーは、それでも懸命に体をくねらせてもがきながら息も絶え絶えにささやいた。「お願い、チェイス……お願いだから、もうやめて」

「君の魂胆は見えているよ。欲求不満にもだえ苦しむ僕を見て笑うつもりなんだろうが、そうはさせるものか。後で笑うのは、君じゃなく……」

次の瞬間、体を二つに裂くような激痛がサマーを襲った。息が止まり、目がくらみ、絶叫が喉からもれた。

「サマー！」どなりつける声を聞いて、二度目の悲鳴があがりそうになったとき、不意に痛みが遠のいた。「深呼吸をして体の力を抜いてごらん。僕は、もう……」その先は意味不明のつぶやきだけを残して、チェイスの体は静かに離れていった。

激痛が、やがて鈍痛に変わり、硬直して凍りついていた体に再び血が通い始めるまでに、ずいぶん長い時間がかかったように思えた。体が震え、深い安堵の吐息がもれる。おそるおそる目を開けてみると、チェイスはベッドの端に腰かけ、こちらに背中を向けて深くうなだれていた。数秒後、彼はゆっくりと背筋を伸ばし、沈んでいく夕日のほうに顔を向けたままつぶやいた。

「サマー、僕は……」

「言わないで。今は何も聞きたくないし、話したくないわ」激しい屈辱感に、声が上ずっていた。

「一つだけ教えてくれ。まだ処女だということを、なぜ黙っていたんだ？」

「言う必要がどこにあったの？　私たちの結婚は、あくまで名目だけで終わるはずだったわ……最初の約束どおりなら」

後頭部に一撃を受けたかのように、チェイスの上体が大きく揺れた。「じゃあ、質問を変えよう。君はなぜ今まで処女のままでいたんだ？」

「なぜ？」サマーはヒステリックな笑いをあげそうになった。隠しとおすはずだったチェイスへの恨みが理性の制止を振りきってあふれ始めた。「それを私の口から言わせたいの？　よくも……」

「わかった。そこまででいい」大きな背中を通して、低い声が聞こえてきた。「昨日ロビーで君たちを見かけた時点で気づくべきだったんだな。君は、まだホリスターを愛しているからなんだろう？」

勢い込んで開いた口を、サマーははっとして急いで閉じた。ここで否定の返事をすれば、チェイスは今度こそ追及の手を緩めずに真相を問いただすだろう。真相？

微動だにしないチェイスの背中を見つめているうちに、サマーは震え始めた。今日まで、どの男性にも肌を許すことができなかったのは、世界中でたった一人の男性に処女をささげたかったから——これが真相だ。その男性とは、アンドルーでも誰でもない。今暴行まがいの残忍な形で私の処女を奪ったチェイスこそ、まさに、私にとってたった一人の男性だったのだ。でも、それでは私がチェイスを愛していることになってしまう。そんなことがあっていいのだろうか……。

7

鏡の中の顔がむくんで見えるのは、明らかに寝不足のせいだ。冷たくしびれた手を無理に動かして化粧を始めながら、サマーは昨夜チェイスが去り際に見せた表情を思い出して歯を食いしばった。私への怒りもさることながら、一時的にせよ私に欲望を感じた自分自身への怒りと自己嫌悪が、彼にああいう顔をさせたのだろう。昨夜は結局、それぞれの寝室を交換した形になったが、明け方を過ぎてからの浅い眠りから目覚めてみると、昨日と同じくチェイスはどこかへ出ていった後だった。あれから二時間近くたっても戻ってこないところをみると、このまま夜まで帰らないつもりだろうか。

しかし、化粧の仕上げにマスカラを塗っているとき、革靴の足音が隣の居間にした。ボーイなら、まずノックをするはずだ。サマーは鏡の中の顔をもう一度点検し、半袖のジャケットを着込んで寝室を出た。椅子に座って新聞を読んでいたチェイスが顔を上げ、無表情な目が彼女を眺め回した。

「よく眠れたか、という質問はやめておくよ」サマーが黙って寝室に引き返そうかと思い始めたころ、チェイスはようやく口を開いて言った。「お互い、安眠とほど遠い状態だったことはわかりきっているからね。結婚するとき、僕はまさか君が……」

まさか、処女だとは思わなかった？　その言葉を言わせまいとして、サマーはとげとげしい口調で言った。「お願いだから、その話はやめてちょうだい。あなたが腹を立てる気持はわかるけれど、もう終わったことでしょう？」

「終わった？　すると、ああいうことは二度と起こらないと、自信を持って言いきれるんだな？」

〝あなたが欲しいわ、チェイス〟と叫んだ自分の声が耳もとによみがえり、サマーは吐き気を催した。もし再び求められれば、私が拒みきれるはずはないと彼は言いたいのだろう。

「返事がないのは自信がない証拠だと受け取っておくよ」と、チェイスは冷たい声で言った。「そうなると、僕としては君がある程度は誘惑に抵抗できるように手助けしてやりたいから、予定を繰り上げて今日の午後にもロンドンに帰ろうじゃないか。人にきかれたら、僕が急ぎの仕事でテレビ局に呼び戻されたとでも言えばいい」

この続き部屋(スイート)にいる限り、私がチェイスのベッドに自分から押しかけていく危険があるとでも？　半狂乱の笑い声とすすり泣きが同時に飛び出しそうになり、サマーはきつく唇を噛(か)み締めた。

「異議はございませんかな？」と、チェイスが冷やかした。「それとも、昔の婚約者から引き離されるのは、どうしてもいやかい？」

「異議を唱える権利が私にあるの？」サマーは自尊心を支えにして挑戦的に顎を上げた。

「そんなことをすれば、またあの写真を種に脅迫されなくちゃいけないんでしょう？」

かすかな冷笑を漂わせていたチェイスの顔が仮面のようにこわばるのを見届けてから、サマーはきびすを返して寝室に戻り、閉めたドアにぐったりともたれかかった。とにもかくにも、これでハネムーン休戦は終わってしまった――名実ともに。


「荷造りはこれで完了ね？」軽いため息をついて床にしゃがみ込んだサマーは、部屋中に積み上げられたスーツケースや段ボール箱を見回しながら言った。「あとは、どんな仕事が残っていたかしら」

「お嬢さまにしていただくことは、もう何もございません。本当にありがとうございました」マクロード夫人は慌てたようにかぶりを振りながら言った。「どうか、今日は早めにおうちへお帰りになってくださいまし。ジャージー島からお戻りになって以来ほとんど毎日、朝から晩まで手伝っていただいて、私はずいぶん楽をさせていただきましたけれど、その分、ロリマーさまに申し訳なくて……」

「チェイスのことなら大丈夫よ」私がどこで何をしようと関心がないのよ、という言葉を、サマーは急いで胸の中に押し戻した。チェイスは朝早くからテレビ局に出かけて、帰ってくるのは、いつも深夜近くだ。一人で夕食をとり、自分用の小さな居間で二時間ほど仕事をしてからベッドに入るというのがこのところのサマーの日課になっていた。あと二日で父がクウールへ出発してしまえば、昼間の時間をどうやって過ごせばいいのだろう。もっと怖いのは夜だ。今は昼間に体を動かすおかげで、いくらか寝つきも良いが、それでも深夜に隣の寝室から何か物音が聞こえるたび、二人で抱き合っていたときのチェイスの感触が思い出されて……。

「でも、今夜はおそろいで、サー・ダンカンとお食事をなさるんでございましょう?」というマクロード夫人の声で、サマーは無理やり現実に引き戻された。父は〝別れの宴〟と称して、最近オープンしたばかりのレストラン兼ナイトクラブに招待してくれている。父と二人きりで別れを惜しめるのなら、喜んで行きたいのだが……。「早く帰ってひと休みなさらないと、かえって食が進みませんですよ。このところ、おやせになったんじゃありませんか? 丈夫な赤ちゃんを授かるには、もっと食べて体力をおつけにならないといけませんのに……」

マクロード夫人からやっかいな質問を浴びせられる前に、サマーは慌ただしく別れを告げて帰途に就いた。

テラスハウスの駐車場に戻ってメルセデスのエンジンを止めたサマーは、急に胸がざわめくのを感じながらゆっくりと車を降りた。こんな時間にチェイスの車が戻っているのは何日ぶりだろう。

「おや、早かったんだな」応接間で自分用の飲み物を作っていたチェイスが、軽く眉を上げて言った。ちょうど同じことを言おうとしていたサマーは、ほかに言うべき台詞も思いつけないまま、無言でうなずいて返事に代えた。まるで、たまたま一つの家に同居している下宿人同士のようだと彼女は思った。しかし、そういう他人同士の関係なら、まだしも気楽に暮らせるに違いない。現実のサマーはチェイスが優雅な動作で背広の上着を脱ぎ捨てるのを見ながら、その下のワイシャツを自分の手で脱がせに行きたい衝動と必死で闘っていた。たくましく盛り上がった胸の筋肉に頬ずりしながら、両手を回して彼の背中を上から下まで愛撫し……。

「いいかげんにしないか!」という荒々しい声がサマーの白昼夢を打ち砕いた。「あの男をいくら恋い焦がれたところで、どうにもならないんだぞ」

「私、べつに……」

「ごまかしてもむだだよ」と、チェイスは甘い声で言ったが、彼の目は甘さと正反対の表情をあらわにして黒みを帯びていた。「今の君の顔を見た者は十人が十人とも、これは愛人のことを考えている顔だと言い当てるに違いない。嘘だと思うなら、寝室に行って鏡を見てごらん。ついでに、さっさと着替えを始めることだ。君も僕も、そのために早く帰ってきたんだろう?」

鋭い声に追い立てられて二階の寝室に行ったサマーは、ベッドの上に置かれた長方形の箱を見て眉をひそめた。有名な女優たちに人気のある店として知られているナイツブリッジの高級ブティックの名前が、箱全体に印刷してある。私自身の好みからすれば、およそ縁のない店だと思っていたのに、箱に張られたラベルに、なぜ私の名前が書き込んであるのだろう。

好奇心に駆られて箱を開け、何重もの薄紙を取り去った後で、サマーは大きく息を吸い込んだ。目の覚めるようなサファイアブルーの絹地で、彼女自身ならとうていそばに寄りつけそうもない大胆なデザインのドレスに仕立ててあった。

「眺めていないで、早く着てみればいいだろう?」

思いがけない方角から聞こえた声に、サマーはぎょっとして振り向いた。二つの寝室をつなぐドアが開き、その戸口をふさぐようにしてチェイスが立っている。このドアの鍵は家の掃除に来るパートタイマーにさえ渡さずに隠しておいたのだが、考えてみれば、ここはチェイスの買った家なのだから彼が合鍵を持っていても不思議ではない。

「何かの手違いだわ。私、こんなドレスを注文した覚えはないんですもの」サマーはチェイスから急いで顔を背け、ドレスを箱に戻そうとしたが……。

「手違いではない」大またでベッドに歩み寄ったチェイスが、ドレスをひったくってサマーの胸に押しつけた。「今夜のために僕が注文したんだ」

「あなたが……これを?」呆然とたずねた後で、サマーは冷たくかぶりを振った。「せっかくだけれど、私、着たくないわ。私のドレスの趣味は……」

「おとなしいだけが取り柄の、陳腐で平凡なデザインだ」と、チェイスは冷笑まじりに先手を打った。「クウール駐在大使の娘にはうってつけかもしれないが、僕の妻の着るべき服ではないよ」

「だったら、早めに再婚相手を見つけておくことね。私はあなたのために趣味を変えようとは思わないし、もちろん、こんな服を着るつもりもないわ」

チェイスは突然、意味ありげな含み笑いをした。「そんなふうにだだをこねるのは、僕の手で着替えさせてほしいと謎をかけているのかい? それならそうと、早く言ってくれれば……」彼が身を乗り出したとたん、サマーはドレスを抱えたまま浴室に飛び込んで鍵をかけた。

湯上がりの体におずおずとドレスを着込んだサマーは、浴室の鏡に映った自分の姿にすくみ上がった。ふっくらとした長い袖と対照的に、身ごろやスカートは体の線をそのまま浮き彫りにし、胸と背中は大きくV字形に切れ込んで素肌を露出させている。チェイスはなぜ、こんなドレスを着せたがるのだろう。〝平凡で陳腐な〟妻と暮らしていることに、そろそろ耐えられなくなってきたから?

あれからほどなく、チェイスは自分の寝室に去った様子だったが、サマーが浴室から足を踏み出したとき、待っていたように二つの寝室をつなぐドアが開いた。彼の頭にはシャワーの水滴が残り、タオル地のバスローブから突き出した手足も湯気を含んで湿っている。サマーはまたもや狂おしく騒ぎ始めた熱い血を静めるのに忙しく、不可思議な光の潜む緑の目が食い入るように自分を観察していることには少しも気づいていなかった。

「似合うじゃないか」と、まるで怒ったような声で言いながら、チェイスはドレスと同じ色のシルクのストッキングをサマーの手に握らせた。「それをはきたまえ。それから、仕上げは……これだ」彼は別の手に隠し持っていたビロードの小箱を差し出してふたを開けた。サファイアの周囲にダイヤをちりばめたイヤリングが一組、ビロードの台の上でブルーと白の光を静かに放っている。その美しい宝石を、サマーは放心したようにまじまじと見つめるばかりだった。チェイスの手が彼女の髪をゆっくりとかき上げ、左右の耳に一つずつ、イヤリングを慎重につけた。「ようし、これでいい」

「私……」と、言いさしたまま、サマーはよろよろと後ずさりした。理由のわからない涙が胸にこみ上げた。チェイスの手の届く範囲から逃れてようやく心を静めた後で、彼女は感謝を込めて言った。「どうもありがとう、チェイス。いただいたものは、もちろん後で全部お返しするわ……私が離婚してここを出ていくときに」

チェイスの顔が怒りにこわばったのは、サマーにとって意外であり不思議だった。「そんな先のことを考える前に、僕たちの結婚がフィクションだということを人に疑われないような努力をしたまえ」眉をひそめたサマーを見すえて、彼はさらに荒々しい声を投げつけた。「恋をしている女は、相手の男性の目を喜ばせるために心を尽くして装うものだよ。もっとも、君にこんなことを言っても無理かもしれないな。君の場合は……」

サマーははじかれたように浴室に駆け戻って鍵をかけた。間一髪、せきを切ったような涙があふれて頬をぬらしたが、いつまでも弱気な涙に負けていることは彼女の自尊心が許さなかった。冷たい水で顔を洗った後、彼女は武器を整える戦士のような勢いで次々に化粧品を取り出した。下地を入念に塗って粉をはたき、ドレスに合わせた濃いブルーのアイシャドーを塗る。頬紅もマスカラも口紅も、いつもよりふんだんに使って化粧を終えてみると、これが自分かと疑いたくなるようなセクシーな顔ができ上がった。イヤリングが目立つように、髪は結い上げたが、巻き毛のひと房がどうしても落ちてくる。寝室に戻ってハイヒールをはいた後、鏡台からピンを取り出して髪を留めようとしたとき……。

「留めなくていい」と、穏やかに言いながらチェイスが入ってきた。彼もすでに身支度を終えている。

「でも、これでは見苦しいわ、だらしない感じで」

「いや、実に色っぽいよ。人が見たら、僕たちが外出時間ぎりぎりまでベッドで過ごしていたと思ってくれるだろう」鏡の中のサマーと視線を合わせて、チェイスは苦々しげな笑い声をあげた。「そんなことは想像するのさえおぞましい？　ま、どう考えようと君の自由だが、それを人前で顔や口に出すのだけは我慢してくれないか。恥ずかしながら、僕にも男としての虚栄心はあるんだよ」サマーが口を開くより早く、彼は五分以内に一階へ下りてくるよう言い残して立ち去った。

虚栄心のような人間的弱さがチェイスの中にもあったのだろうかと考え込みながら、サマーは身動きもせずに鏡をにらみつけていた。そういう月並みな弱さと無縁の男性だと思い込ませていたのは、私の愚かな妄想のしわざなのかもしれない。チェイスの実体は弱い部分、汚い部分をたくさん抱え込んだ平凡な人間だったのだ。そうでなければ、金銭のために人を脅迫して結婚を強制したりするはずがない。けれど、ここまでわかりながら、なぜ彼への愛が少しも冷めていかないのだろう。なぜ……。

その夜の会食はサマーにとって予想どおり苦しい試練の連続で、彼女は胸の内の思いを父に悟られないよう、常に自分にむち打っていなければならなかった。三人のために店が用意していたテーブルは、人目を忍ぶ恋人たちのために造られたような奥まった片隅にあった。この場所で甘いささやきを交わすカップルを想像しながら、サマーは惨めな思いで黙り込んでいたが、残りの二人はありとあらゆる話題で意気投合し、男同士の話に熱中していた。

「ところで、おまえはどうなんだね、サマー」もう一人の同席者の存在を不意に思い出したかのように、父が軽く身を乗り出してたずねた。「おまえ自身の人生プランの話だよ。

プログラマーの仕事を今後もずっと続ける気か？　私としては、チェイスが別の意向を持ったとしても、決して責める気にはなれないんだがね」意味ありげな陽気な光が父の目の中で躍った。もちろん、早く孫の顔を見せてくれという催促の意味だ。

「当人が望む限り、いつまでも仕事を続けさせてやりたいというのが僕の希望ですよ」チェイスが熱心な口調で助け船を出してサマーを驚かせた。父もやや意外そうな面持ちだ。

「夫のために仕事を捨てた有能な女性が、やがては退屈と欲求不満を持て余して困り果てている例を、僕はたくさん見ています。サマーには、そういう思いをさせたくないんですよ。本音を言えば、彼女が在宅のままできる仕事を持っていてくれたことは幸運だったと思っていますが、しかし、たとえ状況が変わったとしても、僕は自分の満足のために妻の生きがいを奪ったりする夫には断じてなりたくありません」

「なるほど。それが当節の夫婦というものなのかね」サー・ダンカンが複雑な表情でつぶやいた。「我々の時代には、人妻が夫と子ども以外に生きがいを持つことなど思いも及ばなかったものだよ」

「今でも、それだけを生きがいにして幸福に暮らしている女性はたくさんいますよ。現に職業を持って働いている人妻の中にだって、経済的な事情さえ許せば喜んで専業主婦に戻りたいと考えている層はかなりあるでしょうね」

「では、ここらで当事者の人妻側からのご意見をうかがおうか」と、サー・ダンカンは娘をからかった。

「今チェイスが言ったような主婦たちの心情は、私にもよく理解できるわ」サマーは慎重に言葉を探しながらゆっくりとしゃべり始めた。「生活のためであるとないとを問わず、働く女性にとっての最大の悩みは、やはり家庭と仕事の両立ということだと思うの。とりわけ、小さな子どもを他人に預けて働いている母親は、いつも生木を裂かれるような思いを味わっているんじゃないかしら」

「すると、君は子どものためなら喜んで仕事を犠牲にすると言うのかい？」サマーの顔をのぞき込むようにしてチェイスがたずねた。

「少なくとも子どもたちが小さいうちは、そばにつきっきりで母親の愛情をそそいでやりたいわ」

「おや、ずいぶんと具体的な話になってきたぞ」と、父が聞こえよがしの独り言をつぶやいた。「ひょっとしておまえたち、私に何か隠し事を……」

「違いますよ。せめて新婚の一年間ぐらい、妻の愛を一手に独占するわがままを僕に許してください」落ち着き払って笑うチェイスの横で、サマーは張り裂けそうな胸の痛みに耐えていた。

フルコースの食事が終わりかけたころ、小人数ながらも腕の良いバンドが演奏を始め、むつまじげなカップルが一組、また一組とダンスフロアに下りてきた。体と体、頬と頬をぴったりと寄せ合って踊る男女の光景は、サマーの胸の傷口をさらに広げた。

「頼むから、早く娘と踊ってやってくれ」苦笑まじりにチェイスを促したサー・ダンカンは、ぞんざいに肩をすくめて娘の抗議をはねつけた。「おまえがうらやましげな顔で五秒おきにフロアを眺めているのを、この私が知らないとでも思うのかね？」

チェイスは穏やかに笑い、真っ赤になったサマーの手を取って席から立たせたが、サー・ダンカンに背中を向けるが早いか、彼の笑みは冷たい怒りの表情に場所を譲った。

「お父さんに真相を気づかせたいのか？」ダンスフロアに下りたチェイスは、サマーを強引に抱き寄せながら鋭い声でささやいた。「僕たちは新婚早々の熱愛カップルだということになっているんだぞ」彼は片手をサマーの腰に巻きつけ、もう片方の手の指先で、白いうなじを挑発するようになでた。

怒りと喜びの双方から発した鋭い震えがサマーの全身を走り抜けた。「お願い、チェイス……」私を苦しめるのはやめてちょうだいとささやきかけた唇を、急に迫ってきた熱い唇がふさいだ。飢えたような情熱的なキスの前で、サマーはあまりに無力だった。唇はひとりでに開いてキスを迎え入れ、自らの情熱に震えながら狂おしく動き始めた。彼女は周囲の人々の存在を忘れ、父が見守っていることを忘れ、チェイスに憎まれていることを忘れて、時間を超越した楽園の中に舞い遊んだ。やがて、チェイスが静かに顔を上げたときもなお、サマーは甘い歓喜の余韻に陶然と酔いしれていたが、愛する人の口から出てきた言葉は……。

「ホリスターに見せてやりたいよ、今の君の顔を」サマーの目に現れた恐怖の色を、チェイスは痛快そうに見下ろした。「一人の男に貞節を尽くすというのは、君が考えていたほど簡単じゃないだろう？」

狂ったように泣き叫ぼうとする唇を必死で噛み締めて、サマーは感情の嵐が通り過ぎるのを根気強く待った。そして、冷静な声を出せる自信をどうにか取り戻してから、チェイスの目を真っすぐに見上げて言った。「疲れたわ。そろそろ席に戻らない？」

拒絶の返事と新たな追及の開始を覚悟しながらサマーは全身を硬くしてチェイスの反応を待ったが、ありがたいことに、彼は無言でうなずいて静かにきびすを返した。

「おまえの母さんと知り合った当時のことが、今さらながら懐かしく思い出されたよ」席に戻ってきた娘夫婦に向かって、サー・ダンカンは感慨深げな笑みを投げた。「どうか、いつまでも愛を忘れず仲良く暮らしておくれ。さて、帰る前に、互いの前途を祝してもう一度乾杯しようじゃないか」

一時間後、サマーは重い足取りで寝室に入って鏡の前でイヤリングを外した。チェイスとキスをしていたときの感覚が、まだ全身にこびりついているような気がする。彼女は手早くドレスを脱いでシャワーの下に立ち、さっきから頭に取りついている愚かな空想を洗い流そうと努めた。もしも、父が考えているとおりの仲むつまじい夫婦ならと、ふと考えてしまったことが間違いだった。もしそうなら、チェイスは仕事が残っていると言って玄関から真っすぐ書斎に向かったりせず、ここまでいっしょに来てドレスを脱がせてくれたに違いない。そして、今ごろは、このシャワーの下で互いの体を……。

それから三時間近くたって、ようやくチェイスが二階に上がってきたとき、サマーは隣室で寝支度をする物音を聞かないようにベッドの上掛けに潜り込んで耳をふさいだ。チェイスと私を隔てているのはたった一枚の壁なのに……たった、一枚の壁？　彼女は声を殺して自分を笑った。一枚は一枚でも、万里の長城のように果てしなく続く壁だわ。

8

サマーはテラスハウスの石段を小走りに上りながら家の鍵(かぎ)を取り出した。明日までに仕上げて渡す約束の仕事を一つ抱えているのだが、ヒースロー空港からの道が渋滞して予想外の時間を取られてしまった。父を乗せた飛行機はどの辺りまで飛んだのだろう。チェイスには夫婦そろって見送りに行こうと言われたが、父との別れの悲しみに加えて別の重圧を受けることには耐えられそうになかったので、自分一人で十分だと即座に断ってしまった。あのときの緑の目に一瞬、悲しみに似た光を見たように思ったのは、もちろん私の気の迷いに違いない。

鍵を開けてホールに入ったとたん、まるで何かの合図があったかのように電話が鳴り出した。

「サマーかい?」急いで上げた受話器から、鋭い声が飛び出した。「もしもし、サマーなんだろう?」

「ええ、私よ」と、懸命に肩の力を抜きながら答える。「空港からたった今帰ってきたところだけれど、何のご用？　私、父の荷物に紛れ込んでクウールへ逃げ出したとでも疑われたのかしら」

「実は、書斎に忘れ物をして出社してしまったんだよ」という返事と、改まった声の調子から察して、電話口のそばに人がいるらしい。「あいにく昼休みにも予定が入って抜けられないし、できれば今すぐ目を通したい書類なんだ。すまないが、なるべく急いで局まで持ってきてもらえないだろうか」

サマーは承諾の返事をして、書類のありかを聞き取って電話を切った。指示された書類封筒を捜し当てた後、彼女は数秒ほど腕時計をにらんで考え込んだ末に再び受話器を上げて番号を押した。

「一日が二日の遅れになろうとも、こちらはいっこうかまわないよ」遠慮がちなサマーの釈明を途中でさえぎって、仕事の依頼主は気さくに言った。「君だから手の内をさらしてしまうが、とかく期限にルーズな取り引き相手が多いものだから、実際より一週間前を期日として通告する習慣が身についてしまったんだ。それにしても、いつもきちょうめんな君にしては珍しいじゃないか。ま、新婚ほやほやの若奥さまとしては、何かとご多忙なんだろうね、いろんな意味で」依頼主は悪意のない声でサマーをからかい、近々、彼女とチェイスを自宅に招待したいとにおわせて電話を切った。

戸締まりをして駐車場へ向かいながら、サマーは深いため息をついた。正式な招待を受ける前に、なんとか逃げ口上を探さなくてはいけない。この先一年近く、私は何人の人をどれだけの嘘でだまし続けることになるのだろう。

テレビ＝ウエストは市内でも超一流のビジネス街に社屋を構えている。制服のドアマンに迎えられて広いロビーに足を踏み入れたサマーは、周囲の雰囲気にやや気後れを感じながら受付カウンターに歩み寄って名前を名乗った。

「では、取締役の……奥さま……ですね？」美人の受付嬢は一瞬、自分の耳を疑うような顔つきで来訪者の全身を眺め回した。

サマーの背筋を冷たいものが駆け下りた。そんなにも私は、チェイスの妻として不似合いに見えるのだろうか。以前にチェイスとの噂を新聞に書き立てられたモデルや有名女優の顔写真が、次々に頭によみがえって渦を巻き始めた。中で最も記憶に新しいのはハリウッドスターのクランシー・ウィリアムズとの噂だ。たしか一年ほど前、彼女がアメリカの俳優と結婚したことで二人の仲は終わったと報じられ、それ以降は特定の女性の名前を見聞きした覚えがないけれど、チェイスがその気になれば、マスコミの目をあざむくぐらい造作もない。突然、焼けたナイフの刃を刺し込まれたような痛みが胸に走った。この痛みは……ひょっとして、これが嫉妬？

ふと見ると、受付嬢は電話の送話口を手で囲いながら小声で誰かとしゃべっている。見られていることに気づいたのか、彼女がはっと顔を上げたとたん、受話器から高い声が飛び出した。

「でも、今はだめよ、ナンシー。その人が本当に彼の奥さんなら、なおさらだわ。彼は今、麗しのクランシーと一年ぶりに感激のご対面をしている真っ最中なんだもの――二人っきり、水入らずで」

身の置き場がなさそうに顔を赤らめた受付嬢のため、そして、自分自身のプライドのために、サマーはさりげなくカウンターから遠ざかった。なんと皮肉な偶然だろう――もはや過去になった出来事としてクランシー・ウィリアムズとチェイスの恋の噂を思い出すが早いか、その二人が今まさに再会したと知るはめになろうとは。クランシーは離婚したのだろうか……チェイスのことがどうしてもあきらめられなくて?

受付嬢が電話を終えたのを見て、サマーは再びカウンターに近づいた。「私、家から忘れ物を届けに来たんですが、夫が仕事の席を外せないようでしたら、秘書のかたにお預けして帰りますわ」

受付嬢は見るからにほっとした様子でサマーをカウンターの陰の一角に案内した。そこにはエレベーターが一台だけ設置されていたが、階数表示のあるべき場所には数字の代わりに〝役員室用〟という小さな金文字が並んでいる。「お降りになりましたら右の通路をお進みください。突き当たりがロリマー取締役のオフィスでございます」

エレベーターが上昇を続けている間、サマーはスチール製の壁に取りつけられた大きな鏡をむっつりとにらみつけていた。天井からの照明が強すぎるせいか、顔やスタイルの欠点ばかりが目につくような気がする。好ましからぬ来訪者の出ばなをくじくための策略だとすれば、きっとチェイスが考え出したのだろう。

だが、チェイスのオフィスだと教えられた部屋のドアは、万人を歓迎するかのように大きく開け放してあった。観葉植物を適当に配置した明るい雰囲気の部屋だ。奥のデスクで事務を執っていた二十五、六歳の女性が笑顔で立ち上がった。「取締役の奥さまでございますね？　お待ちしておりました」と、彼女は流暢（りゅうちょう）に言ったが、その声は、さっき内線電話から聞こえた声と非常によく似ていた。「あいにく、ご主人さまは来客とご面談中でございまして……」

「かまいませんのよ、私、夫に言われて書類を届けに来ただけですから。これを後で渡していただけますかしら」サマーは快活に言いながら書類の封筒を秘書に手渡した。「じゃあ、私、これで失礼しますわ」

「でも、せっかくお越しいただきましたのに……」秘書は申し訳なさそうな顔でサマーと奥のドアとを見比べながら口ごもった。引き止めるべきかどうかの判断に困り果てているらしい。

相手の窮地を救うためと言うよりは、クランシー・ウィリアムズと鉢合わせすることを恐れたサマーが笑顔でかぶりを振ってきびすを返したとき、どこかでかすかな物音が聞こえ、ほっとしたような秘書の声が背中を打った。「お待ちくださいい、奥さま。ちょうど、ご主人さま……」

サマーが振り向いたのと、秘書が絶句したのとがほとんど同時だった。さっきまで閉まっていた奥のドアが開け放され、そこに、長身の優艶な美女の肩に軽く手を置いたチェイスが立っていた。

「じゃあ、これがあなたの奥方さま?」何秒か続いた不自然な沈黙を、今にも吹き出しそうなクランシー・ウィリアムズの声が破った。「驚いたわ。あなたの趣味は、いつからこんなに様変わりしたの?」

こういう場面を収拾するのは明らかに自分の責任外だと判断したらしく、秘書は上司に会釈しながら書類を抱えて出ていったが、チェイスは隣の美女の肩に手を置いたまま、まるで傍観者のような顔つきで妻を眺めているばかりだ。

「チェイスが結婚したなんて、私、いまだに信じられないのよ」敵意の込もった尊大な口調でサマーに言った後、クランシーは隣の男を甘い流し目で見上げた。「早く教えてくれたら、結婚祝いの一つも贈ってあげたのに。あなたに似合いそうなシルクのパジャマをロスの通りで見つけたのよ。もっとも、あなたはパジャマなんか……」

彼女とチェイスが顔を見合わせて意味ありげにほほ笑むのを見て、サマーは身を焼かれるような嫉妬を味わった。殺してやりたい――まず、クランシーを。そして、チェイスはなるべく残忍な方法で……。

「あなた、どんな手を使ってチェイスをつかまえたの？」と、クランシーは再びサマーに向かって毒のある言葉を投げつけたが、返事を聞く気は最初からなかったとみえ、すぐにチェイスを見上げて聞こえよがしにささやいた。「私への恨みから急いで結婚したのなら、もう少し辛抱していればよかったのよ。それで思い出したけれど、明日は必ず弁護士のところへついてきてね。愛してもいない男と離婚するのに、どうしてこんなわずらわしい思いをしなくちゃいけないのかしら。おまけにあなたは、さっさと結婚してしまうし……」

「だが、古くからの友情を大切にする気持は、今も変わっていないよ」

「友情だけ？」クランシーはすねたような鼻声を出した。「この件については、お昼を食べながらゆっくり追及させてもらうわよ」

すると、昼休みにも抜けられなくなった急用というのは、昔の愛人と食事をすることだったのだ。

「妻を見送ってくるよ」と、不意にチェイスがつぶやいた。行かせまいとするかのように、クランシーが彼の肩に頬をすり寄せる。「いい子だから、おとなしく待っておいで。僕はすぐに戻ってくるから」

数秒後、通路に出てドアをしっかり閉めた後のチェイスの声は、さっきと別人のようにそっけなかった。「すまなかったな、君も忙しいのに」

その態度に、サマーは怒りをこらえかねた。「謝るのは私のほうよ。ごめんなさいね、感動的な再会のシーンに水を差してしまって」

緑の目に楽しげな光がちらりとよぎったようにも思えたが、サマーが見つめ直したときには、いつもの尊大な冷たい光だけが彼女を見下ろしていた。

「クランシーはわが社が新しく制作する連続ドラマの出演交渉のために帰国したんだ」

「離婚の手続きを始めたことをあなたに報告する用事もあったんでしょう？」サマーは声がしだいにとげとげしくなっていくのを抑えきれなくなった。「そのことを一カ月前に知っていたとしても、あなたはやはり私を脅迫して結婚させたの？」

「クランシーとは、彼女が映画にデビューする以前からの古い友人同士だ」というのがチェイスの答えだった。「個人的な問題で難局に立っている友人に力を貸すのは、人間として当然の務めだよ」

「あの人は知っているの？」とたずねてしまった後で、サマーは屈辱感に体を熱くしたが、それでもなお、残りの言葉を続けずにはいられなかった。「つまり……私たちの結婚についての真相を」

チェイスは唇の端をゆがめただけの薄笑いを浮かべた。「僕はしゃべる気もないし、彼女も僕の結婚生活に興味など持っていないだろう。話し合うべきことがらは、ほかに山ほどあることだしな」

それは確かにそのとおりだろう。クランシー・ウィリアムズがチェイスを見ていたときの目は、彼女が何を話したがっているかを如実に語っていた。彼女を今でも愛しているのかとたずねる勇気さえ見つけられないまま、サマーは無言でエレベーターに乗り込んでドアを閉めた。気がおかしくなりそうな嫉妬をチェイスの目からはどうにか隠しおおせたという安堵の反動で、立っているのもつらいほど膝が震え始めた。

やっとの思いでテラスハウスに戻って車を止めたとき、反対方向から走ってきたタクシーが目の前で急停車した。背の高い金髪の男性が降りてきたが、彼がうれしそうな声で「サマー!」と叫ぶまで、それがアンドルーだとは気づきもしなかった。

アンドルーは息せき切って駆け寄り、呆然と立ちすくんだままのサマーを乱暴に抱き締めた。

「アンドルー……。どうしてここに?」

「決まっているじゃないか!」感きわまったようなしわがれた声だ。「どうしても君をあきらめきれないとわかったからだよ。休暇が余っていたものだから、ロンドンのエルミタージュホテルに泊まって個人的に勉強してくるとジュディスには言ったんだが、彼女はだまされなかったよ、ダーリン」

「あなたからダーリンなんて呼ばれる理由は……」

「まず、僕にしゃべらせてくれ」と、アンドルーはせき込んで言った。「君に聞いてもらわなくちゃいけないことが山のようにあるんだ」

「どうして、ここの住所がわかったの？」

「君たちが泊まったときの宿泊者名簿を調べたんだよ、もちろん。とにかく、まず落ち着いて話のできるところへ行こう。君、昼食はまだなんだろう？」

驚きのあまり半ば放心したままのサマーは、わけもわからないうちに背中を押されてタクシーの中へ押し込まれた。さっきアンドルーを降ろしたタクシーが、そのままドアを開けて待っていたらしい。それにしても、なぜ私がアンドルーの話を聞かなければいけないのだろう。今となっては、わずらわしさと軽い嫌悪以外、彼に対して何も感じられないのに。

「私、降りるわ」と、言ったとき、すでにタクシーは走り始めた後だった。「こんなことをして何になるの？　あなたには妻子がいるじゃないの」

「そして、君には夫がいる。それがどうしたって言うんだい？　わかっておくれよ、サマー。僕は寝ても覚めても君のことばかり考えて……」

「私の父の財産のことも、でしょう？」サマーは冷たく口をはさんだ。「この私が五年前と同じ、世間知らずの幼稚な娘だとでも思っているの？」

「そのとおりだよ、ダーリン」と、アンドルーは意地悪く言った。「でなければ、あんな男にだまされたりするわけがない。とんでもない女たらしなんだぞ、あのロリマーは。絶世の美女が何人も……」

「親切なご忠告、ありがとう」サマーは座席から身を乗り出し、さっきの場所へ車を戻すよう運転手に言った。アンドルーは即座に口を開きかけたが、不意に気が変わったとみえ、運転手に別の指示を与える代わりに憤然と腕組みをして黙り込んだ。こういう夫を持てば、ジュディスもさぞかし気苦労が絶えないことだろうと思いながら、サマーも黙り込んでタクシーが家の前へ戻り着くのを待ち受けた。

サマーは自分でドアを開けてタクシーを降りたが、アンドルーは素早く回り込んで彼女の通り道をふさいだ。「サマー、頼むから僕の話を聞いてくれ」

「聞く必要はないし、聞きたくも……」急に声が出なくなった。向こうから走ってくる車は……やっぱりそうだわ。でも、なぜチェイスが今ごろ……。

突然、サマーは力まかせに抱き締められ、怒り狂ったようなキスに唇を奪われた。しかし、その唇をなんとか開こうとするアンドルーの様々な努力をよそに、サマーは全く別のことを考えていた。チェイスはクランシーと昼食をとりに行かなかったのだろうか。今、彼がこっちを見たわ。急に車のスピードが上がった。もうすぐ家の前に……。

サマーの反応のなさに業を煮やしたらしく、アンドルーがいまいましげに手を放してきびすを返したとき、ちょうど目の前で車が止まった。その運転席に目をやったとたん、彼ははじかれたように駆け出した。彼が飛び乗ったタクシーは即座に発車し、見る見るスピードを上げて走り去っていく。しびれるような安堵の思いで車をぼんやり見送っているサマーに、チェイスがゆっくりと歩み寄った。

「君を置き去りにして逃げていくとは、ずいぶんつれない男だね」まるで本気で同情しているかのような優しい声と、冷たい怒りをあらわにした目とが、あまりにも対照的だ。

「彼は、いつここへ？」

「ほんの……今しがたよ」

「で、この僕という邪魔者さえ現れなければ、手に手を取ってどこへ行く計画だった？」

抗議の言葉が唇まで出かかったとき、サマーは不意に思い直して押し黙った。昔の愛人との再会を喜んでいるような夫に、何を語る必要があるのだろう。

「さしづめ、どこかのホテルの一室なんだろうな」と、チェイスの陰気な声が言う。「愛人の訪れを待って有頂天になる代わりに、もう少し注意深く僕の電話を聞いていれば、そこへ無事に行けたものを」彼はサマーの背中を乱暴に押しながら家の玄関に向かった。

「正しい書類が届かなかったばかりに、僕が今ごろ自分で取りに帰るはめになったんだぞ」

家の中に押し込まれたサマーは、「アンドルーは私の愛人じゃないわ」とだけ言い残して、そのまま階段を駆け上った。重い靴音が後ろを追ってくる。

「それが不思議なんだよ、サマー。君が彼を愛していることはわかっているし、向こうも明らかに君を求めている。なのに、なぜ君たちは深い関係にならなかったんだ？　なぜ君は五年もの間、いっさいの男を寄せつけずに暮らしていたんだ？」サマーは階段を上りきって寝室へ逃げ込んだが、チェイスは彼女が閉めようとするドアを力ずくで押し開けて中に踏み込んできた。「答えろよ、サマー。なぜなんだ？」

「なぜ！」大きな身震いに体を揺すぶられた瞬間、死ぬまで自分だけの胸に隠しておくはずだった激しい感情が、悲痛な叫び声となって口からほとばしり始めた。「それを、あなたがたずねるの？――私を拒絶して、私の体が男の人にとっては無価値なものだと教えてくれた、当のあなたが？　よくも……よくも、今さら……」

「すると、この僕のせいなのか？　あのときの出来事が原因で、君は最愛の男性にすら自分の処女をささげることができなくなった？」

「無価値なものを人にささげてどうなるの？」激情が爆発して去った後の、地の底へ引き込まれるような重い疲労が体に取りつき、ささやくような小さな声を出すのが精いっぱいだ。「どうせ、うとましそうに拒絶され、軽蔑されるだけだわ……あなたに拒絶されて軽蔑されたときのように」日焼けしたチェイスの顔が見る見る土気色に変わったのはなぜだろう。残忍な満足感に浸って私を笑う代わりに、なぜ、すさまじい形相で私をにらみつけるのだろう……でも、もういいわ。もう、何も考えたくない。

「サマー……」と、うなるようにつぶやきながらチェイスが足を踏み出したとたん、彼女はよろめきながら大きく後ろへ飛びのいた。

「触らないで……そばに寄らないで！」チェイスの足が凍りついたように止まった。「お願い、私を一人にしてちょうだい。出ていってちょうだい」

急に始まった冷たい身震いから体を守るために、サマーは両腕を自分の体に巻きつけて深くうなだれた。やがて、寝室のドアが静かに閉まる音が聞こえ、かすかな足音が階段の下に消えていった。チェイスに何かを言い忘れたような気が、今になってしてきた……アンドルーを愛してなどいない、と？　けれど、それなら、言わなかったことをむしろ喜ばなくてはいけない。私が誰を愛しているのかを知られてしまったら最後……。

車のエンジンがかかる音を聞いて、サマーは衝動的に窓へ駆け寄った。車が駐車場からUターンして出ていく前に、チェイスがちらりと二階の窓を見上げたような気もするけれど、たぶん違うだろう。彼の心は早くもクランシー・ウィリアムズのもとへ飛んでいっているに違いないのだから。

その日の午後をサマーはほとんどコンピュータ・デスクの前で過ごしたが、仕事は遅々としてはかどらなかった。午後八時半、彼女はほとんど手つかずの料理の皿を遠くへ押しやって夕食を終え、午後十時、チェイスの分の食事を冷蔵庫にしまって二階に上がった。彼がどこで何をしているにせよ、そばにクランシーがいることだけは確かだろう。

浅く苦しい眠りの中にたゆたっていたサマーは、ふと物音を聞いたように思って目を覚ました。窓を開けたまま寝たので、カーテンが風に揺れた音だろうか。だが、再び聞こえた物音は、明らかに窓と正反対の方角からだ。泥棒？　恐怖に息を止めたサマーの目の前で、隣室との間のドアが静かに開いた。そこに淡い照明を背にした長身の人影が……。

「チェイスね？」サマーはかすれた小声で呼びかけた。「どうしたの？」

チェイスは無言のまま部屋に入って間のドアを閉め、タオル地のガウンを無造作に脱ぎ捨てながらサマーのベッドに入り込んできた。

「チェイス！　何をするつもりなの？」

「五年前のあやまちを償いに来たんだよ」とたんにベッドの外へ逃れようとしたサマーを、チェイスは素早くつかまえて自分の側に寝返りを打たせた。淡い月明かりを受けた彼の顔は、わざわざからかいに来たとは信じがたいほど真剣な表情にこわばっている。「あのとき僕が拒絶したばかりに、君はあらゆる男性に対してアレルギー反応を起こすようになってしまったんだろう？　どんな男性も、君の肌を触ることさえできなくなったんだろう？」

「あなた以外はね」と、サマーは小さな声でつぶやいた。「私の体は、もうすでに一度……」

「あのときのことは忘れるんだ」チェイスは片腕でしっかりとサマーの体を抱き込んだまま、もう片方のてのひらを頰に添えた。「二人で最初からやり直そう。目を閉じてごらん」

声の鋭さがしだいに消え、甘く優しいつぶやきに変わっていた。「忘れるんだよ、サマー……この五年のことは、すべて」

「だめ。無理だわ」

弱々しい声の中に潜んだサマーの思い――言葉とは別の切実な思いを、チェイスの耳は聞き取らなかったらしい。「だったら、僕が手伝ってやるよ、少しでも忘れやすいように」

ゆっくりと近づいてくる唇を、サマーは不可思議な物体でも眺めるようにぼんやりと見つめていた。なんだかチェイスが本当に手を貸そうとしてくれているような気がする――いっさいの苦しみを知らなかった五年前への、奇妙な時間旅行のために。何かの魔力に動かされたかのように、唇が震えながら開いてチェイスのキスを受け入れた。

壊れ物を扱うような、優しく穏やかなキスだった。チェイスの唇の甘い動きはサマーの神経の緊張をゆっくりと解きほぐし、まるで母親の胎内で眠っているような安心感の中へと彼女を誘い込んでいった。チェイスの体重が体の上にかかってくるのがわかったが、サマーは驚きも、不安も、興奮さえも感じず、ただ、承諾の印に軽いため息をもらしながら彼のうなじに両腕を巻きつけた。

少しずつ、非常にゆっくりと、キスは情熱の度を増していった。チェイスの唇は徐々に場所を変え、温かい吐息をサマーの耳に吹きかけながら耳たぶの周囲をくまなく探り始めた。体の中に高まってきた熱い高潮の力に押されて、サマーが小さな声を出すと、耳にかかる吐息が少し荒くなり、それに呼応して、彼女の鼓動も駆け足になった。

「こんなものは、邪魔なだけだろう?」と、くぐもった声がつぶやき、サマーのナイトドレスを留めていたサテンのリボンがするりとほどかれた。

「いいえ」と答えたサマーの声は、抗議と呼ぶにはあまりに弱々しかった。だが、ここで抗議し、抵抗しなければ、後になって苦悶の涙にくれることになるのだ……たぶん。「いけないわ、チェイス」

「違うよ。こうしなければいけないんだ」サマーの体をやや持ち上げぎみにしながら、チェイスは薄手のナイトドレスを静かに取り去って遠くへ押しやった。「五年前に僕らがしなかったことを、今夜こそ果たさなくてはいけないんだよ、サマー。どうしても、だ。でないと僕は……」彼は不意に声をあげ、今までとは全く違った荒々しいキスでサマーの唇を攻め立てた。

　襲ってきた甘い情熱の嵐の中に、サマーは無理やり引きずり込まれた。チェイスの唇から伝わってくる無言の命令に従って甘い動きを繰り広げ、両手は優しく、せわしなく滑って彼の大きな背中を愛撫し続けた。キスの合間に、ときおりもれて出る満足そうなチェイスの声を聞くたびに、熱い歓喜が体を痙攣させた。

「サマー……」と、しわがれた声でつぶやきながら、チェイスは大きく寝返りを打ってあおむけになり、彼女を自分の体の上に載せた。サマーは体の内に急に火勢を増した熱い炎にあおられて木の葉のように震え始めたが、その震えの原因を取り違えたのか、彼は再びしわがれた声で言った。「怖がらないでくれ、サマー。僕がどうして君を拒絶したりすると思うんだ？　君が欲しくて……」チェイスの両手がサマーの肌を狂おしくさ迷い、やがて彼女の体を突き上げた。「起きて僕を見てくれ。僕の体に触ってくれ。そうすればわかるはずだ。どんなに僕が……」

サマーはもはや、抵抗する意思を失っていた。何のための抵抗かということさえ、もはや思い出せなくなっていた。彼女は言われるままに起き上がり、月明かりの中に横たわるチェイスを見下ろしながら、そっと手を伸ばして彼の肩に触れた。サマーの視線と指先が、熱に湿りながら徐々に上から下へ移動していく間、チェイスは欲望に黒ずんだ目で彼女を見上げたまま激しく体を痙攣させ続けた――うわ言のようにサマーの名を呼び、彼女の胸を激しく愛撫しながら。

突然、サマーの体は再びチェイスの下になった。「受けとめてくれ、サマー」と、苦しそうな声が訴える。「今夜こそ、二人で同じ喜びを分かち合おう。悲しい思いはさせないよ、絶対に」

そのとおりだった。やがて、サマーは自分の経験している歓喜の大きさに恐れおののきながら、たけり狂う熱い津波の頂点で声をあげた。その口を、チェイスの口がふさぎ、熱く震える体の上に、急に重く彼の体が落ちてきた。

そのままサマーはチェイスの腕の中で眠ってしまったらしい。気がついたとき、彼女は体を小さく丸めた姿勢でチェイスの胸に顔をうずめていた。脚は彼の長い脚にからみついたままだ。

昇り始めたばかりの朝日がカーテン越しにほの白い光を投げている。最初の当惑が眠気といっしょに消えていくにつれ、なまなましい記憶を取り戻した体が火のようにほてり始めた。

「二度と言わせないぞ」という低いつぶやきが頭上に聞こえた。チェイスも目を覚ましていたんだわ！　サマーは急いで体を引いた。「僕が君を拒絶したなどとは、二度と……」

「チェイス、だめよ」温かい腕が体に伸びてくるのを感じて、サマーはとっさに小声でささやいた。

「なぜだ？」鋭い声が飛んできたのと入れ替わりに、チェイスの腕は素早く去っていった。

「僕がホリスターじゃないからか？　だけど、君の男性拒否症を治療することができたのは、彼でも誰でもない、この僕だけなんだぞ。僕のせいで、君は……」

「ええ、そうよ。それを治してもらったんだから、私はあなたに感謝すべきなんでしょう？」怒りと悲しみが入り乱れて声が上ずった。昨夜のことはチェイスが最初に言ったとおり、〝過去の償い〟でしかなかったのだ。私を哀れみ、多少の罪悪感に責められて……。

「このことを知ったら、アンドルーもさぞかしあなたに感謝するでしょうよ」

しだいに明るさを増す朝の光の中で、チェイスの顔が見る見る暗く、険しくなった。

「そういう機会は、まず訪れないだろう。今週末以降、僕たちは主な生活の場を田舎へ移すんだからな。バーンウェル荘そのものは、まだ人が住める状態じゃないが、当分はヘレナが家に泊めてくれるそうだ」

「でも、私、ロンドンを離れるなんて……」チェイスと彼の親類以外には顔見知りの一人もいない孤独な生活に、どうやって耐えていけるのだろう。

「君がホリスターと密会するのに便利な場所で暮らすなどということは、僕たちの結婚のときの条件に含まれていなかったぞ」と、チェイスは荒々しく言った。「三年前にロンドンへ越してきたとき、家の内装や家具の配置は君が一人で取りしきったと、僕はサー・ダンカンから聞いているよ。そのすばらしい才能を、今回もぜひ発揮してもらいたいものだ」

「それぐらいしか、私には取り柄がないんですものね」苦い思いを噛み締めながら言い返すと、チェイスの唇に奇妙な薄笑いが浮かんだ。

「そんなことはないさ。君が別の方面にもすばらしい素質を持っていることは明らかだ。僕の手で磨きをかければ、まだまだ伸びる余地も……」

「バーンウェル荘のことを、もっと詳しく教えてほしいわ」サマーは早口で話題をそらした。「まだ住めないって、正確にはどういう状態なの？」

「行ってみればわかるよ」チェイスは急に話への興味を失ったかのように、あおむけのまま大きく伸びをした。「早朝に急ぎの用事を抱えているわけでもないのに、いつもより一時間以上も早起きをしてしまったな。こういう場合、最も自然なのは……」

　半身を起こしたチェイスから深々と顔をのぞき込まれたとたん、サマーの中で燃えていた怒りの炎は揺らめきながら消えていき、それに代わって別の火が全身をゆっくりと焦がし始めた。もう一度抱かれたい。あの熱い歓喜の中に、もう一度引きずり込んでほしい。そして、まだ一度も聞いたことのない言葉を、耳もとでささやいてほしい――愛しているよ、と……。

　ますます勢いを増す熱い炎の中に、胸を刺す鋭い痛みが侵入してきた。そんな言葉をチェイスが口にするはずはない――少なくとも、私に向かっては。

「私、起きるわ」と言った声は、あまりに弱々しかった。引き止めてくれと哀願しているようなものだ。サマーは自分を憎みながらとげとげしい声で言葉を足した。「仕事があるのよ。本当は昨日中に終える予定だったんだけれど……」あなたに用事を頼まれたから、と、続けようとしたとき、うなるようなチェイスの声が先回りして言った。

「ホリスターと会う時間を作るために、仕事のほうを後回しにしたんだ！」彼は憤然と起き上がり、さわやかな朝日の中に堂々と全裸の姿をさらしながら隣の寝室へ去っていった。

壁越しにかすかに伝わってくるシャワーの音を聞きながら、サマーはゆっくりと体を起こした。チェイスに見られるという心配さえなければ、このまま上掛けの中に潜り込んで涙のかれるまで泣いていたいのだが……。

「お仕事の邪魔をしたのだったら、ごめんなさいね、サマー」

昼過ぎにかかってきた電話は、チェイスの双子の妹からだった。サマーがとっさに推察したとおり、ヘレナは兄夫婦の滞在を心から楽しみにしているということを直接、自分の口から伝えておきたかったらしい。「……それに、うちの年長組のダンとクリスは、フランスから来ている同級生のお宅へ遊びに行っているのよ、夏休み中ずっと。だから、気兼ねなんかしないで、ゆっくり泊まっていってね」

サマーは丁重に感謝の言葉を述べ、先刻チェイスにはぐらかされた質問を、それとなくヘレナにたずねてみた。

「屋敷の様子？　少なくとも、すきま風や雨もりの心配だけはしなくてもいいわ」と、ヘレナは笑った。「電気や水道も申し込めばすぐに使えるし、明日にでも村の人を頼んで家中の大掃除をしておくつもりだけれど、とにかくヴィクトリア朝時代に建てた古い家でしょう？　台所なんか、まるで前世紀の遺物なの。でも、今から取り越し苦労をして疲れてしまわないでね。あなたなら、きっと大丈夫よ。兄はあなたのお父さまの家を見て、すっかり感心してしまったんですって。ご参考までに家の中の写真と詳しい間取り図をお送りするから、もし時間があれば、こっちへ来るまでに壁紙なんかの下見を始めておくといいかもしれないわね。この近くの店では、どうせろくなものは見つからないと思うわ。何をあつらえるにしても、あなたはロンドンとこっちを行ったり来たりの忙しい生活になりそうだけど、とにかく部屋数だけはたっぷりあるから、子どもが何人になっても狭くて困るということはないわよ。チェイスの望みどおり、親子でサッカーチームを作ってちょうだいな」

その後もしばらく話をしてから受話器を置いたサマーは、秋の大風にもまれた後のような、一種爽快(そうかい)な疲労感を味わった。話をすればするほど、ヘレナのおおらかな人柄に魅せられていきそうなのは実に困ったことだが、今の電話のおかげで気分がずいぶん楽になったのも事実だ。バーンウェル荘の改装のために一年契約で雇われたのだと考えて忙しく立ち働いていれば、くよくよと思いわずらう時間も少なくてすむかもしれない。田舎に移り住むとは言っても、忙しい勤めを持つ身のチェイスが週末以外にロンドンを離れるということは、まず考えられない。つまり、実質的には別居生活が始まるのだから、たぶん、もう二度と、昨夜のようなことも起こらないだろう。

昨夜のようなこと……。不意に目の前によみがえった記憶を消し去るために、サマーは固く目を閉じて激しくかぶりを振った。

その夜もチェイスの帰りは遅かった。サマーはまたもや一人きりのわびしい夕食をとり、その後も何時間かデスクに向かって、ようやく仕事を完成させることができた。ほっと肩の荷を下ろした思いで居間のソファーにくつろぎ、雑誌のページをめくり始めたとき、玄関に足音が聞こえた。

「遅くなってすまない」ソファーの上ではっと体を硬くしたサマーを冷ややかに見守りながら、チェイスは淡々と言った。「少しばかりやっかいな問題が持ち上がったんだが、夕食をとりながら、なんとか丸くおさめてきたよ」

「そのやっかいな問題というのは、まさか、クランシーの身に起こったことではないんでしょうね」と、サマーはにこやかにたずねたが、その声は、まさに嫉妬深い妻の見本のように響いてしまった。

「実は、そのクランシーが夕食の相手だったんだ。なかなか楽しい食事だったよ」

「よかったわね」サマーは雑誌を横に置いて静かに立ち上がった。「私、悪いけれどお先に休ませていただくわ。なんだか疲れているの」

上着を脱ぎかけていたチェイスの手が止まり、意味ありげな笑いを含んだ緑の目がサマーの全身をゆっくりと眺め回した。

「私、そんなことで疲れているんじゃないわ！」再び昨夜の記憶を振り払うのに苦労しながら、サマーが鋭い声を飛ばすと、チェイスの笑みはゆっくりと顔全体に広がっていった。

「どんなことだい？――そんなこととは」

「私は一日中コンピュータの画面と格闘して疲れたと言ってるのよ」それでは返事になっていないと言われることを覚悟で、サマーは捨て鉢に言った。

「なるほど。ところで、ヘレナから電話がなかったかい？」チェイスが拍子抜けするほどあっさりと話題を変えてくれたことで、サマーは逆に苦々しい失望感を味わった。

「あったわ。屋敷の写真と間取り図を送ってくださるそうよ」

「相変わらず手回しのいいことだ。しかし、最初から妹のペースにはまってしまうと、後で疲れるからくれぐれも用心したほうがいい。ヘレナは自分の同性がすべて、自分と同じアマゾネスの一族だと思い込んでいるきらいがあるんだよ」そうチェイスが言い終えたとたんに電話が鳴り出し、たまたま近くにいたサマーは反射的に受話器を取った。

「チェイス？　私よ」

サマーは急いで受話器を耳から離してチェイスに差し出したが、電話線の向こうから聞こえた女性の声は、まだ鼓膜に突き刺さっていた。

「じゃあ、そうかもしれないな」と、チェイスが電話口で答えている。「今、見てくるよ……いや、あれば僕が持っていくから、君はそっちで待っていればいいさ。うん……」

電話を終えた後で、チェイスは「クランシーからだった」と、サマーがとっくに知っていることを言った。「イヤリングを片方だけなくしたんだが、どうやら僕の車の中で落としたらしいと言うんだ」

サマーは何も言わなかった。嫉妬に悩まされて吐き気がひどく、しゃべりたくても何もしゃべれなかった。

チェイスの二度目の帰宅は、真夜中をずいぶん過ぎた後だった。隣室のドアが開閉し、浴室を使う物音がしばらく続いたが、やがて、あらゆる物音が消えて家中が静まり返った。チェイスはクランシーと親密な時を過ごしてきたのだろうか——昨日、この私を抱いたときのように？　サマーはわざと自分を痛めつけるように、肌と肌を重ねて官能的な愛撫を繰り広げるチェイスとクランシーの姿を果てしなく想像し続けた。心身ともに疲れきって眠りの中に引き込まれたのは、もう夜明けが近い時刻だった。そして、十時になって目が覚めたとき、家の中からチェイスの気配は消えていた。

9

ヘレナからバーンウェル荘の写真と間取り図が届いて以来、サマーは早くも改装プランを練り始めようとする自分にやっきになってブレーキをかけなければいけなくなった。写真のイメージと実際の姿とが大きくかけ離れているということは、ままありがちだし、チェイスの意見や希望も知っておく必要がある。将来にわたってバーンウェルに住み着くのはチェイス自身なのだ。私ではない。

だが、サマーから意見を求められたチェイスは、無関心に肩をすくめて「勘弁してくれよ」と言った。「すべて君に任せたんだから、君の好きなようにやってくれ。この結婚で、僕にも一つぐらい収穫があったっていいじゃないか」

「収穫なら、もう手に入れているでしょう？――伯父さまの遺産という大きな収穫を」と、サマーはむきになって言い返した。「そもそも、この結婚はあなたが望んだのよ。私は脅迫されて無理やり……」

「その脅迫の材料である写真のことを、君の愛するホリスター氏は知っているのかい？」

憤然と顔を背けて返事に代えたサマーを見て、チェイスは陰気な笑い声をあげた。「ま、そんなことだろうとは思っていたよ。彼が求めているものをなぜ与えられないかということも含めて、僕との関係はなかなか人に話しづらかったただろうからね」

田舎へ引っ越すに当たって、このテラスハウスをどう処分するのかとサマーがたずねたときも、チェイスは「このままさ」と、あっさり肩をすくめた。「無理をすればバーンウェルからでも通勤できなくはないが、やはりウイークデーは一人でここに住むよ。特に、今は会社がやっかいな問題に突き当たっていることでもあるし」

彼の言う〝やっかいな問題〟とは、アメリカの映画スターを大量に使った連続ドラマの制作のことだ。スターたちの日程調整や契約料を巡って、出演交渉がかなり難航しているらしい。そういう問題がなかったとしても、チェイスが週末しか妻のもとで過ごさないだろうということは最初からわかっていたにもかかわらず、サマーの心は重く沈む一方だった。

「あと少しだ」と、チェイスが久しぶりに口をきいた。高速道路を下りると言ったとき以来、ほぼ三十分ぶりかもしれない。サマーは急いで眠気を追い払いながら左右を見渡した。車は緑に包まれた低い丘の斜面を上っている。

「あれだよ」丘の頂上で車を止めたチェイスが、眼下をゆっくりと指さした。次の丘との谷あいの小さな窪地に十戸足らずの家々が点在し、その集落の少し手前に、古い大きな屋敷が一軒だけぽつんと離れて建っている。それが、バーンウェル荘だった。

あらかじめ言われていたとおり、ヴィクトリア朝期の建築であることはひと目でわかったものの、サマーが予想していた尊大ないかめしさとは、かなり違った雰囲気の建物だった。歳月とともに人格に丸みを帯びた古老のような穏やかさが、遠目にもはっきりと感じられる。周囲の美しい景色と溶け合うようなクリーム色の壁全体に緑のつたと黄色の薔薇がからみついているのも心和む光景だ。「すてきな家ね」と、サマーは小声で言った。

無言でうなずいた後で、チェイスが静かにしゃべり始めた。「あそこには特別な愛着があるんだよ。あの家がなければ、僕とヘレナはかなり不幸な子ども時代を過ごしていたに違いない」

サマーは不意に目頭が熱くなるのを感じた。一度に両親を失った幼いチェイスが伯父にも妹にも隠れて流した涙を、あの古い家だけは知っているのかもしれない。だからと言って、あそこを手に入れるためにチェイスが思いついた卑劣な手段が正当化されるわけではないのだが……。

「あの家へ……先に寄っていってはいけない?」と、たずねている自分の声を聞いて、サマーははっとした。まずヘレナの家で荷物を降ろそうという計画を、なぜわざわざ変更する必要があるのだろう。

チェイスは何も答えなかったが、スタートした車が再び止まったのは、雑草に覆われたバーンウェル荘の前庭だった。

「ずいぶん静かかね」大きな声を出すのがなぜかはばかられ、サマーはささやくように言った。

「ヘレナの家の双子どもが近くにいないからさ。もっとも、彼らの母親と僕のほうが、もっと手に負えない子どもだったかもしれないな。伯父……正確には父方の伯父なんだが、彼は昔、教師をしていてね、根っから悪い子は一人もいないと固く信じていたんだ。僕らはどんな悪さをしても体罰や大声が飛んでこないのをいいことに、ずいぶん伯父に迷惑をかけたものだよ」

声の中にありありとにじむ故人への愛情がサマーを驚かせた。あんな条件を遺言に付されたことで伯父を憎み、恨んでいるとばかり思っていたのに。

「写真の楽しさを僕に教えてくれたのも伯父だ」と、チェイスの静かな声が続いていた。「両親が生きていたころから、僕は学校が休みになるのを待ちかねて、よくここへ遊びに来たものさ。すばらしい人だったよ、伯父は。あの人のおかげで、僕は……」

「わずらわしい遺言の条件に縛られてしまったんじゃないの?」と、サマーは思わずささやいてしまった。「伯父さまのことを憎んでいるんだと思ってたわ」

チェイスは背中を向けていたので、サマーには彼が大きな肩を無造作にすくめるところしか見えなかった。「晩年の伯父は、いわゆる変人の部類に属していたよ。家の中に入ってみたいかい？」

サマーはチェイスの気分を害してしまったことを悔やまずにいられなかった。彼は私のような部外者を連れず、一人でここへ来ればよかったと思っているに違いない。「いいえ、後でいいわ、ヘレナが心配なさると悪いから」本当は家の中を見ながら、もっと思い出話を聞きたかったのだが……。

ジョンとヘレナの家は村の反対側にあり、バーンウェル荘ほど大きくないとはいえ、ゆったりとした敷地に建った広い家だった。年少組の双子のベンとロビンが、丸々と太ったゴールデンリトリバー犬を従えて歓声をあげながら車に駆け寄ってきた。

「ママがラザニアを焦がしちゃったんだよ」というのが、ベンの歓迎の挨拶だった。「だから、お昼のごちそうはサラダだけなんだ」

「告げ口する子は、ろくな大人になれないわよ、ベンジャミン・ベイリー」家から出てきたヘレナが大げさに顔をしかめて息子をしかった。「黙っていれば、伯父さんたちにはわからなかったのに」

「わかったと思うよ」と、ロビンが双子の弟をかばった。「サラダを作るだけなら、家中に焦げくさいにおいが立ちこめたりしないだろう？」

ヘレナは申し訳なさそうに苦笑しながら兄夫婦を出迎えて家の中に案内した。「足もとに気をつけてね。ロビンが今朝、自転車のペンキ塗りを思い立ってしまったのよ。私も、まさか玄関ホールの中で始めるとは思わなかったから……」

「だって、服を泥だらけにするから外へ出るなって言われたんだもの」と、ロビンは口をとがらせ、やや警戒のまなざしでサマーを見上げた。「あの……やっぱりきらい？──うるさい子とか泥だらけの子は。そんな子が好きな女の人なんて、一人もいないってママが言うんだけど……」

ペンキの缶を避けて通りながら、サマーは笑いをこらえるのに苦労した。「さあ、どうかしらね。もう少し考えさせてちょうだいな」

「ほら、やっぱり話がわかるんだよ、この人は」と、ベンが得意そうに兄を見た。「僕が言ったとおりだろう？　伯父ちゃんと結婚するぐらいだから、ふつうの女の人とは違うのさ」

「伯父夫婦を奇人扱いするのか？」と、チェイスがうなった。「おい、ヘレナ、おまえはいったい、どういう育て方をしているんだ？」

「そういうおうへいな口がきけるのも今のうちよ。兄さんがどんな親になるのか、今から楽しみだわ」

「じゃあ、赤ん坊が生まれるの？」ロビンがサマーの顔と腹部を興味深そうに見比べた。

「でも、ちっとも太ってないんだね。ハーグリーヴスさんちのおばさんなんか、風船みたいにぱんぱんに……」

「もう、たくさんよ、ロビン」と、ヘレナが早口で割って入った。「二人とも早く手を洗っていらっしゃいな……あ、二階はだめよ。台所へ行きなさい」息子たちを追い立てた後、彼女はチェイスに双子のお目付け役を命じてサマーを階段のほうに導いた。「あの子たちが昨日、二階に手を洗いに行って何をしたと思う？　たった一個の石鹸（せっけん）で、よくもあそこまで浴室をめちゃめちゃにできたものだわ」

悲劇的に顔をしかめるヘレナを見て、サマーは逆に強いあこがれを感じた。私にも、あんな子どもたちがいたらどんなに幸せだろう。チェイスそっくりの顔の腕白な息子や、えくぼのかわいい女の子……。

「ここよ」ヘレナが押し開けたドアの内部は、ブルーとクリーム色を配した優雅な客用寝室だった。奥のほうに小さな浴室もついている。「階上（うえ）の双子の部屋のほうが広いから、最初はそっちに泊まってもらおうかとも思ったんだけれど、何しろ子ども部屋でしょう？ベッドが二つともシングルサイズなの。まして、ダンとクリスがトランポリンにしてさんざん遊んだベッドだし、万が一、新婚のお二人さんの体重に耐えきれなくなって……おや、まあ」ヘレナは真っ赤になったサマーの顔を物珍しそうに眺め回した。「信じられないわ。うちの兄と結婚するほど度胸の座った人が……。あら、電話が鳴ってるわ。行かなくちゃ。荷物はすぐ兄に運ばせるけれど、水入らずの時間を楽しむのは後回しにして、なるべく早く昼食に下りてきてね、ちびの狼たちが飢えて遠ぼえを始めないうちに」

ヘレナが慌ただしく階下に去った後、サマーは部屋の中央のダブルベッドを横目に見ながら窓辺に寄り、木々に囲まれた広い裏庭をぼんやりと眺めた。ダブルベッドどころか、できれば夫婦別々の部屋にしてほしいなどと、少なくとも私の口からはとても言い出せなかった――兄夫婦が文字どおり熱々の新婚カップルだと思い込んでいるヘレナの幻想を壊すようなことは。

やがて、かん高い双子たちの声の合間に聞こえていた太い声がやみ、重い足音が階段を上ってきた。部屋のドアが開き、静かに閉まる。スーツケースを床に降ろしたチェイスが窓辺に進んでくるのを見て、サマーは再び窓の外に顔を向けた。「なるほど、ダブルベッドか……」彼女の真後ろで、低い声がつぶやいた。「これで異存はないのかい?」

サマーは冷ややかに肩をすくめた。「しかたがないわ。真相を何も知らずにいる人を、わざわざ驚かせたり、困らせたりできるわけがないでしょう?」

「ヘレナを心配させないためには、愛してもいない男と一つベッドで寝るのもやむを得ないというわけだな? 実に感服すべき人道的配慮だよ」

サマーが振り向いたとき、チェイスは足早に戸口へ逆戻りして部屋を出ていくところだった。今の言葉の裏に、何か苦い思いが込められていたように聞こえたのはなぜだろう。チェイスが私の愛を求めているわけはないのに……。

子どもたちのいたずらと、ヘレナのお説教と、そして、ひっきりなしにかかってくる電話の合間をかいくぐるようにして昼食が終わった後、チェイスは改めてバーンウェル荘を見に行こうとサマーを誘った。とたんに双子たちが連れていってくれとせがみ始め、チェイスは苦りきった顔をしたが、サマーは自分が横から双子たちに口添えをしたことが決して彼の意に逆らうものでないことを知っていた。

バーンウェルに着くと、子どもたちはさっそく屋敷の周囲の探険に出かけ、サマーはチェイスに促されて家の中へと足を踏み入れた。ヘレナから何度も聞かされたとおり、天井も壁も長年の煤や手あかですっかり黒ずんでいるが、空気は思ったより乾燥していて、かびのにおいなどは全く感じられない。

「かつて、僕の暗室があった場所だよ」最初に入った地下室で、チェイスは懐かしそうに周囲を見回しながら説明した。初めて写真の魅力に取りつかれたころの思い出が、たくさん詰まった部屋なのだろう。

台所もヘレナが言ったとおりの状態だったが、サマーは台所の主のようにどっしりと居座っている古いかまどに強い執着を感じた。内部だけ改造して現代的なレンジによみがえらせる方法はないものだろうか。タイル張りの床も、できれば同じタイルを見つけてきて元のままの雰囲気を残したい。

各部屋を回るごとに、サマーのイメージはふくらんでいった。三方に窓を持つ応接間には、落ち着いた黄色とブルーが似合いそうだ。居間の暖炉の両側に作りつけてある物入れは、子どもたちが部屋中に散らかしたおもちゃを大急ぎで片づけるときなど、便利に使えるだろう。広い書斎には書架やデスクのほかに、寝椅子にもできる大型のソファーを運んでおけば、チェイスが子どもたちの騒音を逃れてくつろぎたくなったときの格好の避難場所になる。

どの部屋へ行き、どの廊下を歩いても、サマーの空想の中では常に同じ一つの家族が幸せな団欒(だんらん)を繰り広げていた――優しくも威厳に満ちた父親のチェイスと、彼にそっくりの男の子たちと女の子たち、そして、子どもたちの母親であるサマー自身とが。

「で、どうにかできそうかい?　このあばら家を」広々とした寝室が六つもある二階を見終わって階段を下りているとき、チェイスがぽつりとたずねた。

「ええ、たぶんね。あなたの考えている予算の限度額にもよりけりだけれど」

「限度額などはないよ」と、チェイスは即座に答え、軽く眉を上げたサマーのために言葉を補った。「結婚した時点で、ある程度の遺産が下りたんだよ。だから、必要な費用は惜しまず使ってくれ。ここは今後の僕にとって不可欠の場所になるんだからな」

「週のうち一日か二日しか帰ってこないのに?」

「当面はそうだが、さして遠くないうちに、僕は会社の顧問的な立場に退いてここに住み着くことを考えているんだよ。それに備えて、すでに別のいくつかの事業にも手を染めているし、一年以内に伯父の遺産も全額が手にはいる。ここで本腰を入れて家庭づくりを始めるには絶好の条件だろう?」

誰との、どんな家庭かとサマーが詰問しかけたとき、伯父を見つけた双子が騒々しく駆け寄って二人を戸外に引っ張り出した。

「この辺りに温室を建てようかと思っているんだ」物知り顔の双子に先導されて敷地を見回りながらチェイスが言った。「それでもスペースはまだまだ残るから、ひとつ、プールでも造るとしようか」

双子たちの口が一瞬ぽかんと開き、次に、耳の痛くなるような歓声が飛び出した。

夕方ごろに帰宅したジョンも加わって、ベイリー家でのにぎやかな夕食が終わると、チェイスは後片づけを始めかけた妹とサマーを制して言った。

「僕らの出番のようだよ、ジョン」彼は笑顔でうなずいたジョンと二人で身軽に立ち上がり、さっさとテーブルの上を片づけ始めた。「ご婦人がたは、どうぞゆっくりコーヒーをお召し上がりください——ぺちゃくちゃと、くだらない話でもしながら」

ヘレナは大喜びで兄の言葉に従ったが、それから数分もしないうちに、サマーはうとうとと眠りかけていた自分に気づいて慌てて目をこすった。

「ごめんなさい。私、どうしたのかしら?」

「気にしないで。私にも覚えがあるわ」と、ヘレナは気さくに言った。「長旅の後とか妊娠中とかにね。チェイスには私から言っておくから、部屋に行ってお休みなさいよ。今日は兄にあちこち連れ回されたんでしょう？　疲れたのも無理ないわ」

二階の寝室に上がったサマーは、あくびを噛み殺しながら浴室に入り、香料を入れた湯船の中にとっぷりと体を沈めた。全身の疲れがじわじわと溶け出していくように心地よい。明日はもう一度バーンウェル荘に行って細部のプランを練り始めよう。日本調の壁紙を使った部屋も一つ作りたいのだが……。

かちりという音とともに浴室のドアが開き、チェイスの顔が中をのぞき込んだ。「そこで眠ってしまわないでくれよ、頼むから」

「な、何をしに来たの？」

「僕も疲れたから寝に来たんだよ。あいにくここは君だけの部屋じゃないんだぞ。さて、そこをそろそろ僕と交代してくれないか？　もちろん、二人で入りたいと言うなら大歓迎だがね」

今さら体を隠すのは子どもじみていると自分に言い聞かせながら、サマーはゆっくりと立ち上がって湯船を出た。だが、差し出されたタオルを受け取ってチェイスの横をすり抜けるとき、なぜ言ってしまったのだろう――「私、クランシー・ウィリアムズの代役に使われるのは絶対にお断りよ」などと。

「彼女の代役が君に務まるわけはないよ」というのが、冷笑を浮かべたチェイスの返事だった。

眠気はすっかり覚めてしまったものの、サマーはチェイスが入浴を終えてベッドへ入ってくる気配を察すると、急いで目を閉じて眠っているふりをした。しかし……。「チェイス！　なぜ何も着ずに寝るの？　パジャマを荷物に入れ忘れたの？」

「気にしないでゆっくり眠りたまえ」と、チェイスは穏やかに言いながら体を伸ばした。

「夢の中でいいからホリスターに会いたいんだろう？　もっとも、彼が君の夢に出てくるとは思えないがね」


バーンウェル荘の改装計画はサマーの頭の中で着実に固まっていったが、この件についてチェイスは相変わらず何の関心も示さなかった。

「でも、何を注文するにしても、ロンドンの専門店に行かなくちゃ気に入ったものは見つからないと思うわ」と、サマーがもどかしさに声をとがらせながら言ったのは、村に来て四日目の朝だった。

「行けばいいさ。僕は今日からロンドンに戻るから、君もいっしょに来ればいいじゃないか」

「あら、最初の話とは違うんじゃないの？」

「君と同じベッドで寝る快感が強すぎて、君から離れられなくなったのかもしれないな」

サマーは下唇を噛んで黙り込んだ。そういう快感に負けそうなのは、チェイスでなく、たぶん私のほうだ。つい二時間ほど前、私は彼の胸に頬をぴったりとすり寄せた状態で目を覚ました。無意識のうちに、体が彼の肌の温もりを求めてしまったのだろう。いつも早起きのチェイスが、今朝に限って深く眠り込んでいてくれたから助かったようなものの……。

四日ぶりにテラスハウスに戻るやいなや、チェイスは書斎に閉じこもって電話をかけ始めた。たまっていた郵便物に目を通しながらひと休みしたサマーが、必要な内装材の詳細なメモを持って再び家を出たときも、書斎からはまだ彼の話し声が聞こえていた。

日もとっぷり暮れたころ、サマーは疲労の中にも深い満足感を味わいながらテラスハウスに戻った。インテリアの大型専門店で親切な相談員に巡り合ったおかげで、一階の各部屋の内装プランはほぼ固まった。居間と書斎については少し決め残したところがあるし、二階にはまだ全く手をつけられなかったものの、後は工事を進めながら順に決めていってもいいと担当者は言ってくれた。

どの部屋にも明かりがついていないところを見ると、チェイスは昼間のうちにテレビ局へ出たままらしい。サマーは台所でオムレツをこしらえ、居間に入ってテレビをつけた。以前から見たいと思っていた演劇の舞台録画が、ちょうど始まったところだ。

オムレツを食べながらテレビに釘(くぎ)づけになっていたとき、不意に画面が変わってアナウンサーがニュースを読み始めた。たちまち残りのオムレツが皿ごと床に落ちて飛び散った。嘘(うそ)だわ……クウールで内乱が発生して、王宮と……イギリス大使館が爆破、占拠されたなんて！「……なお、被害の詳細は不明です」というそっけないコメントを最後に、画面は再び演劇の舞台に切り替わった。

サマーは電話に飛びついて外務省の番号を押した。勤務時間が終わったことを告げる録音テープの声が聞こえるだけだ。どうしよう。どこへ行けば父の消息を……ダウニング街十番地？　そこに住む政府最高責任者の顔が脳裏をよぎったが……。

それより、チェイスだわ！　神さま、どうかチェイスがテレビ局にいてくれますように……。

「どうした？　こんな時間に」

「チェイス！」張り詰めていた心が急にもろくなって、すすり泣きが飛び出した。「助けてちょうだい、チェイス。父が……父の大使館が……」

「わかった。できる限りのことをしてみるよ」サマーの涙ながらの訴えを聞き終えると、チェイスはそう請け合って電話を切った。受話器を置いたとたん、サマーは鳴り出した電話のベルにはっとしながら再び受話器を上げた。父の安否を案じるヘレナからの電話だった。

それを皮切りに、同様の電話が数限りなく続く一方、父の消息についての手掛かりは何一つつかめなかった。たまりかねて金切り声をあげそうになったとき、玄関のドアが大きな音をたてて開いた。

「サマー？　何か情報は入ったか？」髪を乱し、ひどく疲れた表情のチェイスが居間に駆け込んできた。

「いいえ、まだ何も」静かに言ったつもりの声が、大きく割れて震えた。

「今、僕のあらゆるコネを使って調べさせているところだが、時間がかかりそうだから、とりあえず急いで帰ってきたんだ。電話番は僕に任せて、君はベッドへ行きたまえ。疲れきった顔をしているぞ」

「あなただって……。それに、横になったところでどうせ眠れっこないわ。お願い、ここにいさせて」

やがて、チェイスが問い合わせた先々から電話が入り始め、サマーはベルが鳴るたびに胸のつぶれる思いをしたが、クウール国は目下、厳重な情報管制下にあるらしく、回答の内容は、いっこうに調査が進展していないことを告げるものばかりだった。ただ、内乱が起きたことだけは間違いないようだ。

午前二時、チェイスは最後の望みの綱として、アメリカ政府の関係筋にコネを探してみると言った。「だから、君はもう階上に行きたまえ。何が起きたとしても、最後は体力だけが頼りだぞ」

サマーは反論の言葉を見つけられないまま、しかたなく二階へ行った。だが、シャワーを浴びて横になっても、やはり眠ることなど及びもつかず、午前四時になると、ついにたまりかねてベッドを抜け出した。そして、衝動的に隣の部屋に行ってチェイスのガウンを着込み、かすかに残っている彼の香りを抱き締めながら忍び足で階段を下りていった。

静かにドアを開けたのと、長らく鳴りを潜めていた電話が鳴ったのとが、ほぼ同時だった。チェイスが受話器をわしづかみにし、電話線の向こう側と機関銃のような早口のやり取りを始めた。

「寝ていろと言ったのに……」やがて、電話を終えたチェイスが、憔悴しきった顔を苦笑いにゆがめながら戸口を振り向いた。「お父さんは元気だよ。たまたま地方の王族の一人を訪問していたために運良く難を逃れて、一時間ほど前、無事にサウジに到着したそうだ……おい、サマー」妻の頬に伝わる涙を見て、彼は静かに呼びかけた。「そんなところに立っていないで、泣くならここでお泣き」

気がついたとき、サマーはチェイスの大きな胸の中に飛び込んで激しくしゃくり上げていた。「まるで……夢の……ようだわ、無事だったなんて。父は私の……たった一人の身内なのに、その父が……」

「おいおい、この僕を勘定に入れ忘れているぞ」

親切心から出た気休めにすぎないとわかっていても、サマーの心臓は急に高鳴った。

「本当に……ありがとう、チェイス。疲れたでしょう？」

「まあな。だから、階上へ行って熱い湯を浴びたいのはやまやまなんだが……」思わせぶりに語尾が消えたのをいぶかってサマーが顔を上げたとき、また電話が鳴り、チェイスが素早く受話器を取った。遅まきながら父の無事を知らせる外務省からの電話だったが、電話を切った後、彼は受話器をフックから外してしまった。「電話も朝まで休憩させてやろう。今夜は大奮闘して疲れただろうからな。さて、そろそろガウンを返してもらおうか。どう見ても、これは僕の……あれ、ひょっとして君はガウンの下に何も着ていないのかい？」

下着一枚のほかは、そのとおりだった。さっき二階へ行く前にチェイスから無理やり勧められてブランデーを飲んだせいか、横になっているうちに体がほてってってナイトドレスを脱いでしまったのだ。

とにかく寝室に行こうと言いながら、チェイスはさっとサマーの体を腕に抱き上げて階段に向かった。

寝室のベッドに横たえられたサマーは、チェイスが彼の寝室へのドアの向こうに去っていくのを泣きたい気持で見送ったが、それから数秒もしないうちにぐっすりと眠り込んでしまったらしい。静かに肩を揺すられて薄目を開けると、湯上がりの体にタオル一枚を巻きつけただけのチェイスが枕もとに立っていた。

「僕のガウンを返してもらいに来たんだ」

「いやよ」サマーは柔らかなタオル地を胸の前でかき合わせながら目を閉じた。甘い眠気が快く、口をきくのもおっくうだ。「いやよ、返してあげないわ。だって、これ、あなたの香りがするんですもの」

頭の上で、奇妙にかすれたチェイスの声が聞こえたような気がしたのは、たぶん、もう眠ってしまって、夢を見ていたのだろう――「僕の香りが欲しければ、ガウンよりもっといいものがあるよ」と。

夢を見ているのだから、チェイスの大きな体がベッドに入ってくるのを感じても、サマーは心にもない抗議をせずにすんだ。ガウンが静かに体から引きはがされ、温かい胸と腕が、すっぽりと体を包んでくれる。ほのぼのとした喜びを胸いっぱいに感じながら、彼女はもっと深い眠りの中へ引き込まれていった。こんな幸せな夢なら、いつまでも覚めないでほしい……。

10

何か、どこかがいつもと違うように感じながら、サマーはゆっくりと目を覚ました。わき腹の上に重く温かいチェイスの腕が載り、胸のふくらみの一つは彼の片方の手の中にすっぽりと収まっている。

すると、あれは夢ではなかったのだろうか。チェイスのガウンを返したくないと言ったことも？　恥ずかしさに全身がほてり、身もだえしたくなった。

「どうした？　目が覚めたのかい？」

安らかに眠っているとばかり思っていたチェイスの目が、細めに開いてサマーを観察していた。

そのとき初めて、サマーはベッドの上掛けが見当たらないことに気づいた――チェイスの手に包まれた胸の先を、彼の指先が静かにもてあそび始めたことも。二人の視線がぶつかり、急速に熱を帯びてからまり合った。

「君の場合は、いざ知らず……」と、チェイスがくぐもった声で言った。「僕はとうてい満足できないよ、君の香りを吸い込むだけでは！」最後は熱に浮かされたような不安定な声を出しながら、彼はサマーを荒々しく抱き寄せて嵐のようなキスを始めた。

ためらう暇も、防ぐ手立てを考える暇も与えられないまま、サマーはチェイスの熱いキスに酔い、素肌を優しくまさぐる甘い愛撫に酔いしれた。彼女の唇と手も、愛する人への思いから発する本能的な命令に従って動き、チェイスの喉の奥からもれる歓喜の声を聞いて喜びに震えた。

やがて、「サマー！」という低い声が、二人の激しい吐息の合間にあがった。それは二人の体があげている共通の悲鳴――二つの体を一つにしたいという、苦しいまでの切迫した思いを代弁した声だった。サマーは即座に両腕でチェイスの首にしがみつき、体を弓なりにして彼を誘った。数秒後、念願かなった二つの体が、ともに満足の吐息をもらしながら熱く震えた。

この幸せ、この喜びを一分一秒でも引き延ばそうとするかのように、二人は長い時間をかけて甘美な官能の世界をくまなく散策し続けた。そして、ついに昇りつめた喜びの絶頂で、互いの名前を呼びながら激しく燃え尽きた。

「まるでスーパーマンだったわ」陶然とした余韻に再び眠気を誘われながら、サマーは低くつぶやいた。

「僕をおだてたつもりか？　ありがたくないな、誰にせよ他人の代役にされるのは」脅すような声と裏腹に、チェイスの手は限りない優しさを込めて妻の素肌の上を滑っていた。

「違うわ、私のことよ。空を飛んでたの……スーパーマンになって」

小声で笑ったチェイスの体の震動を快く受けとめながら、サマーは深い眠りに落ちていった。

次に目が覚めたとき、彼女は枕もとの時計を見たとたんに跳ね起きた。とっくに正午を過ぎている。チェイスは？　どこへ行ったのだろう。

シャワーと着替えを手早くすませて階下へ行ってみると、食堂のテーブルにメモが置いてあった。

〈やむを得ない用事で局へ行ってくる。しかし、今夜は祝杯をあげに二人で町へ出よう〉

何のための祝杯かは書いてないものの、サマーの体は数時間前の記憶を取り戻して急に熱くなった。私が愛していることを悟られてしまったのだろうか。しかし、そう思っても、以前のような不安は不思議とわいてこない。むしろ、歌でも口ずさみたい気分で、彼女はいそいそとコーヒーの支度を始めた。

玄関の呼び鈴が鳴ったのは、ちょうど二杯目のコーヒーを飲み終えたときだ。サマーは軽い足取りでドアを開けに行った――今の呼び鈴が、束の間の幸福の終わりを告げる合図の音だったとも知らずに。

「たまたま近くを通りかかったものだから……」と言いながらホールに足を踏み入れたの

は、取り澄ました笑顔のクランシー・ウィリアムズだった。「今夜はチェイスの帰宅が遅くなることをひと言お知らせして差し上げようと思ったの。場合によっては帰宅できないかもしれないわよ、私との話が長引けば」

「どうも、ご親切に。でも、そのことなら夫が今しがた電話をくれましたわ」と、サマーはにこやかに嘘をついた。心は悲しみに泣き叫んでいる。

「私がアメリカへ行ったおかげで、あなたは彼と結婚できたのよ」クランシーは笑みを消して尊大に言った。「彼が愛しているのは、この私ですもの」

「いろいろと教えていただいて、ありがとうございます。でもそろそろお引き取り願えまして？」サマーは冷たい笑顔を崩さずに相手を追い出してドアを閉めた。〝たまたま〟通りかかったというのは、もちろん嘘に決まっている。クランシーは今夜チェイスと会うことになったのを機に、いよいよ彼を自分のものにすると通告しに来たのだ。大きく体がよろめいたとき、電話のベルの鋭い音が肌に刺さった。

「サマー？　僕だよ」……チェイス！　全身が冷たくなった。「今夜二人で食事に行く件だが、残念ながら延期にしてくれないか。実は……」

その先を聞かないように、サマーは無理に作った気軽な声を出した。「あら、ちょうどよかったわ。昨日バーンウェル荘の内装を注文した店から電話があって、なるべく早く工事を始めたいと言ってきたの。で、担当者を案内かたがた、今から向こうへ行きたいんだけれど、かまわないかしら?」

「こっちには、いつ戻ってくるんだ?」

「そうね……。細かな打ち合わせが必要なこともかなり残っているし、当分は向こうに……」

「しかし、サマー」と、チェイスがもどかしげに言ったとき、彼の横にあるらしい別の電話が鳴り出した。「すまない。むずかしい交渉の山場に差しかかってしまったんだよ。だから今夜のことも……」

「ええ、よくわかっていてよ」苦い思いが声に出そうになり、サマーは急いで電話を切った。〝むずかしい交渉の山場〟などと、よくも言えたものだ。実際は……。彼女は再び受話器を上げて内装店と連絡をとり、慌ただしくバーンウェル荘に向かった。担当者が早く工事を始めたがっていたのは事実だ。

それからまる二日間、サマーは工事の始まった家の中を飛び回り、ひたすら体を動かし続けることで昼間だけでも悲しみを忘れようと努めた。不審顔のヘレナが訪ねてきたのは三日目の昼前だ。

「いくら電話しても応答がないって、チェイスが心配しているわ」忙しくて電話のベルに気づかなかったと、サマーは嘘をついた。「それに、こっちに来てるなら、どうして私のところに泊まってくれないの? こんな広い家に一人で寝るなんて、不用心で気味が悪いでしょうに」昼間の疲れが出て、夜は気味悪がる暇もなく眠ってしまうと、また嘘をつくはめになった。本当は、チェイスの体の温もりばかりが恋しくて……。「お父さまは、その後、お元気？」

「ええ、内乱も治まったので、もうすぐサウジアラビアからクウールに戻るそうです。あのときは、チェイスのおかげで本当に助かりましたわ」と、思わず口が滑った。「彼がいなかったら、私……」

「確かに、そういうときには頼りになる人だわ」ヘレナは笑顔でうなずいた。「だけど、さすがの兄もチャールズ伯父に死なれたときだけは、はたで見てても痛々しいほどのふさぎようだったわよ。しばらく前から覚悟はできていたはずなんだけど、あの二人、本当に仲が良かったんですもの。伯父は巨額の財産をすべてチェイスに譲ることを最初から決めていたし、自分の死後の相続税のことまで心配して、以前からどんどん生前贈与を続けていたのよ。四年ほど前には、全財産の大半をチェイスに一任してしまって、それを管理する仕事が忙しくなったものだから、兄は写真家をやめてしまったんだけれど、やっぱり、不労所得だけで暮らすのは性分に合わなかったみたいね。それで、贈与された財産の一部をテレビ＝ウエストに投資して、今の地位に就いたの。でも、こうして念願かなって、あなたと結婚できたうえは、ここを改装して本当のマイホームを作りたくなったのも無理ないわね」ヘレナはくすくすと笑った。「で、工事の進み具合は？」

「ええ、順調ですわ」落ち着き払った声で言えたことが、信じられない思いだった。今の話が真実なら、私が聞かされていた遺産相続上の問題は、すべて架空の作り事ということになってしまう。つまり、チェイスを卑劣な脅迫行為に走らせる動機など、もともと存在しなかったことになるのだが……。

「兄はテレビ局の第一線から退いて、ここで暮らすことも考えているんですって？　うちの家族は全員、大喜びして待ち構えているんだけれど、私だけは別の期待も持ち始めているのよ」ヘレナの目が陽気な光を躍らせながらサマーの顔を見つめた。「来年の春ごろには私、いよいよ〝叔母さん〟になれるんじゃないかしら……違う？」

サマーは即座に否定しようとして口を開け、そして、何も言えないまま呆然と口を閉じた。

「やっぱり？」ヘレナは得意顔で笑った。「私が姪を欲しがっていることを忘れないでね。このニュースを聞くときのチェイスの顔が見物だわ」

その顔を想像しただけで、鋭い痛みが胸をえぐった。どうか、何かの間違いでありますように！

その日、サマーは今まで以上に忙しく体を動かして働き続けたが、いくら忘れようと努めても、ヘレナとの会話はがんこに頭の中に居座って胸を締めつけるばかりだった。夜は早めにベッドに入ったにもかかわらず、寝ついたのは村の教会の大時計が午前二時を打つのを聞いてからだ。

どのくらい眠ったころだろう。サマーははっと目を覚ました。〝不用心〟というヘレナの言葉が、不意に頭をかすめる。今の音は、私の気のせい？……違う。確かに、忍び足の足音が、ゆっくりと階段を上ってくる。身を隠すことも自衛の武器を探すことも思いつけないまま、彼女は上掛けの端を握り締めて恐怖にあえぐばかりだった。足音が止まり、古いドアがきしみながらゆっくりと開いた。

「……サマー？　眠ってしまったのかい？」

「チェイス！」緊張がどっと緩んだ拍子に、ほのかな月明かりの差し込んでいた部屋の中が、なぜか漆黒の闇に変わった。鋭い耳鳴りが始まって……。


何か鈍い震動が後頭部に伝わっているのを感じながら、サマーはぼんやりと目を開けた。

「気がついたのか？」と、低い声が頭上で言う。すると、この温かい椅子と背もたれは、チェイスの膝と胸？　この震動は、彼の鼓動だろうか。

「私……気を失っていたの？」

「そのようだな。気分は？」

「大丈夫よ。でも……」突然、すべての記憶がよみがえって胸を刺し貫いた。「何をしに来たの？　愛人の地位では我慢できないって彼女に言われて、それで私との決着をつけに来たの？」

「彼女？」

「とぼけないでよ。あの日、クランシー・ウィリアムズは家へ来たのよ——今夜はあなたを帰さないかもしれないって言いに、わざわざ」

サマーの頭の上で、チェイスはののしりの言葉を吐いた。「……で、君は信じたのか？　信じたんだな？——僕でなく、他人の言葉のほうを！」

サマーは不意に体の向きを変えられ、迫ってきた唇に口をふさがれた。抵抗することは不可能だった。たちまち燃え上がった欲望が荒々しいキスを進んで受け入れてしまった。

「キスが目当てなら、クランシーのところへ戻ればいいのよ、こんなところまで来なくても！」ようやくチェイスの唇が離れていった後、サマーは泣きたいほどに自分を憎みながらささやいた。「でも、ちょうどいい機会だから言っておくわ。私、あなたのゲームには、もう付き合いたくないの」

「ゲーム？」チェイスの体が、少しこわばった。「例えば、どんな？」

「例えば、結婚しない限り伯父さまの遺産を相続できないといったような嘘にだまされることよ」

「さては、口軽のヘレナが真相を話したんだな？」

「真相？　じゃあ、やっぱり……。でも、なぜ？　なぜ、そんな作り話までして私を脅迫したの？」

「質問したいのは僕のほうだよ。なぜ、そんな簡単な問題が君に解けないんだ、と」チェイスは苦々しげな笑い声をあげた。「君は本当に知らなかったと言うのかい？　僕が五年前に君と出会ったときから、いわゆる〝恋の病〟を患い続けていたことを、本当に少しも気づかなかったと言うのかい？」

はっと吸い込みかけた息を、サマーはゆっくりと吐き出した。きっと、今のは私の聞き違いだ。そうでないとすれば、チェイスは何かの邪悪な動機に駆られて、またもや私をだまして苦しめようとしているのだろう。もうだまされないわ、二度と……。

「君が五年前のことで僕を恨んだ気持はよくわかるよ」と、チェイスが静かにしゃべり出した。「今にして思えば、あのまま君を僕のものにしてしまうべきだったと後悔の念に責められるばかりだが、しかし、あのときは、それがどうしてもできなかったんだ」

「なぜ？」胸の古傷が、また痛みをぶり返してうずき始めた。「最初は私を抱こうとしたでしょう？……私が……写真のことを持ち出すまでは」

「写真を撮れと言われたときは、君を殺してやりたくなったよ。前の日にエレベーターで出会って以来、僕は君のことが妙に気になってばかりいたんだ。その君から声をかけられて、僕は年がいもなく少年のように胸を弾ませていたのに、君の動機が単にモデルへの功名心にすぎなかったのかと思うと、憎らしさと自己嫌悪で吐きそうになった。しかし、君の本当の目的を聞かされたときは、もっとひどかったよ。処女を奪ってくれる男なら誰でもよかったと、君はぬけぬけと言いきったんだからな。いっそ、君の望みをかなえるふりをして、最も残忍な方法で奪ってやりたいとまで思ったが……」チェイスは言葉を切って大きく嘆息した。「できなかったよ。僕はすでに、君の体以上のものまで求め始めていることに気づいたんだ。いったん頭を冷やして、夕食のときにでも、そのことを何とか説明するつもりだったのに、君はさっさと消えてしまった。今だから話すが、ジュディスは僕のために特別に宿泊簿を調べてくれたんだぞ。そして、君は宿泊者カードに記帳しなかったらしいと言った」

「そんな……私、ちゃんと書いたわ」

「とにかく、ジュディスはそう言ったんだ——君の顔さえ、よく覚えていない、とも。結局、僕は君のことなんか忘れようと決心してロンドンに戻った。だが、すぐに焼き捨てるつもりで現像した君の写真は、いつまでたっても、僕の財布の中に入ったままだったよ。今でも、ここにある」チェイスは自嘲的な笑みを浮かべながら左の胸ポケットをたたいた。

「五年間も……私の写真を？」厳重な警戒心を押しのけて、思わず胸がときめいた。

「そう。肌身離さず持ち歩いていたんだ、五年間も。そして、君がどこの誰に処女をささげたんだろう、僕を差し置いて、どこの誰が君の愛を手に入れたんだろうと思うたび、君への愛と嫉妬でおかしくなりそうになった。ハネムーン中に怒りにまかせて初めて君を抱いたとき、僕は死ぬほど驚いたよ、君がまだ処女だったという事実に。その理由は、あのとき君が言ったとおりなのか？」暗がりの中で、緑の目が祈りにも似た光をたたえてサマーの顔をのぞき込んだ。「ホリスターを愛し続けていたから？」

サマーにとって、それは目隠しをされたまま高い場所から飛び下りるような一瞬だった。恐怖に足がすくみそうになる。だが、あらゆる勇気をかき集めて、彼女は真実の言葉をささやいた。「いいえ、そうじゃないわ、チェイス。私……嘘をついたの」

「すると、本当の理由は？」と、静かな声が促す。

「本当の理由は……」再び恐怖が襲いかかったが、飛び下りてしまった以上、もう後戻りはできない。「本当の理由は、あなたを愛していたからよ。もちろん、最初のうちはあなたを憎もうとしたわ。あなたのせいで、男性に反応できなくなったんだと思い込もうとしていたの。でも、それはあなたへの愛を自分に認めさせないための、こじつけだったのよ。最初にあなたに抱かれていたとしても結果は同じだったと思うわ」

「違う」と、チェイスは強く言いきった。「もし、あのときに結ばれていたなら、僕たちの結婚はずっと早まっていたし、君を偽りの脅迫で苦しめたりすることもなかったんだよ。新聞の写真を見て五年ぶりに君の身元がわかるやいなや、僕は今度こそ君を逃すまいと決心して周到な計画を練ったんだ」

「でも、クランシー・ウィリアムズのことは？　彼女は本気であなたをねらっているように見えたわ」

「一つには、夫を別の女性に奪われた腹いせと、もう一つは、夫に去られて以来の性的欲求不満のせいさ――どちらも彼女の自業自得で、同情の余地は全くないよ」チェイスは苦々しく言った。「だが、それを利用して、僕は君を嫉妬させようとしたんだ。君の体は僕の愛を受け入れてくれたように思えたが、君を嫉妬させることで、あるいは君の心にも僕への愛を植えつけられるんじゃないかと……」

「植えつけたりしなくても……」恐怖に代わる熱い感激が押し寄せてくる。「あなたへの愛は、ずっと前から住み着いていたのよ、私の心と体の両方に」

「じゃあ、ホリスターへの愛は終わったんだな？」

「ええ、五年前に……と言うより、そもそも、あれが愛だったとは思えないわ。でも、私の本当の気持を悟られたくなくて、あなたの誤解をそのままにしておいたの。ごめんなさい、チェイス」

「許しを乞うのは僕のほうだ」と、チェイスは荒々しく言った。「君を脅迫や嫉妬で苦しめた僕を、君は許すことができるのかい？」

「ええ、そのことだけなら簡単に」サマーの胸ははじけるような幸福感に躍り始めた。

「でも、独り寝の夜のつらさを教えてもらった恨みだけは、まだしばらく尾を引くかもしれなくってよ」

「つらかったのは、僕のほうだ。特に、この三日三晩は、のっぴきならない仕事と君への思いとの板ばさみにあって、まさに地獄の思いだったよ」チェイスは腕の位置を変えてサマーの体を抱き直した。「すると、君は本当に、この僕を愛してくれているんだな？」そうたずねた声はさりげなかったが、サマーの頰を静かになで始めた手は、彼の思いの深さを暴露して、ほんのわずか震えていた。

「返事は言葉で聞きたい？　それとも……こっちのほうがいいかしら」サマーはチェイスの大きな膝の上で背伸びをして、彼の口を甘いキスでふさいだ。

「両方がいい」サマーがキスの場所を徐々に変えて、ひげの伸びかけた顎を唇と舌でくすぐり始めたとき、哀願するようなしわがれた声が言った。「ありとあらゆる方法で、僕を勇気づけてくれ。君がどう思っているのか知らないが、僕は他人を脅迫する習慣なんか持っていないんだぞ。こんな状態が続けば、本物の狂気に冒されてしまうんじゃないかと怖くてたまらなくなるときもしばしばだった」

「じゃあ、今は？」キスを続けたまま、サマーは小さな声でからかった。

「悪事を働いた人間にはもったいないほどのご褒美にあずかっているよ。それより、言葉のほうの返事はどうなっているんだ？」チェイスは甘い声で催促しながら、サマーを膝から下ろしてベッドの上に優しく倒した。

「愛しているわ、チェイス。あなたが父の無事を確かめてくれたあの夜、私はそれが言いたくてたまらなかったのに、どうしても言えなくて……」

「僕のほうは言ったつもりだよ、僕の本当の思いの一端を。そして、その思いが少しは君に通じたようにも思えたから、あんなメモを書いたんだ」

「でも、その後の電話で、私はあなたが心変わりしてしまったんだと思ったのよ。やっぱりクランシーのほうがいいと思い直して、それで彼女と一夜を過ごすことにしたんだとね。あのときは、あなたを八つ裂きにしてしまいたかったわ」

「物騒な話はよしてくれよ。あの晩は確かに彼女と夕食をとったが、彼女のマネージャーとか、ドラマのプロデューサーとか、十人近い人間といっしょだったんだぞ。彼女が法外な条件を持ち出すものだから、交渉はいつまでも長引いて、契約書のサインを取ったのが、ようやく今夜だ」チェイスは悔しそうなうなり声をあげた。「しかし、もう大丈夫だ。これから先、君と僕の時間はたっぷりある」

「それにしては、ひどく忙しそうじゃなくって?」手早く服を脱ぎ捨てるチェイスを、サマーは笑いながらからかったが、彼女の体は早くも恥ずかしいほどのほてりを帯びて愛する人を待ち受けていた。

「急いでいるのは僕だけかい?」と言いながら、チェイスは即座にサマーの望みをかなえた。

その夜、二人は何度も愛し合い、ついに疲れ果てて眠りに落ちたときも、互いの体を一秒でも離すまいとするかのように固く抱き合ったままだった。

目覚めたのはサマーのほうが先だったが、愛する夫の寝顔を見て幸せなほほ笑みがこみ上げたとき、チェイスも目を開いてにっこりと笑った。

「まだ僕を愛している？」

「ええ、これまでになかったくらいに」と、サマーは明るく断言した。「でも、今の二倍も愛してしまうと思うわ、もし、あなたが……」紅茶をいれてここへ運んでくれたら、と続けようとして枕から頭を上げたとき、激しい吐き気がこみ上げた。

「サマー、どうしたんだ？　大丈夫か？」浴室へ駆け込む妻の後を、チェイスは慌てて追いかけた。

ようやく吐き気が治まった後、サマーは土気色に変わったチェイスの顔を見上げて口をとがらせた。「甥（おい）が四人もいるのに、つわりの症状も見分けられないの？　ヘレナが聞いたら怒るわよ」

チェイスの顔がぱっと輝いた。「子どもが……僕の子どもができたのかい？」彼はサマーを乱暴に抱き締め、まだ平らな腹部に震える手を押し当てた。

「子ども？」サマーは不思議そうに目を丸くした。「それは単数形でしょう？　私、保険会社に相談しようと思っているのよ——双子保険の加入手続きを」

一時間後、台所に山積みになった資材に囲まれてコーヒーを飲んでいたとき、チェイスが不意に真顔になってサマーの仕事のことを話題にした。

「母親業が忙しくなれば、仕事に割ける時間は大幅に減ると思うんだが、君はかまわないのかい？」

「父とコンピュータだけが生きがいだと答えたでしょうね、半年前の私なら。父のほうはそのままにしておきたいけれど、もう一つは喜んでお払い箱にするわ。だって、比べ物にならないほどすばらしい生きがいが見つかったんですもの——ここに」サマーは静かに立ち上がって夫の膝に座り、太い首筋に両手を巻きつけた。「愛しているわ、チェイス」

チェイスは満足そうにうなった。「もし、今からベッドに逆戻りして君を愛したら、僕らの子ども……たちに障ると思うかい？」

「いいえ。でも、ヘレナが気分を害するんじゃないかしら。今、裏口に回ってきたところですもの」

台所に入ってきたヘレナは、恨めしげな兄の顔を見て棒立ちになった。「まあ、チェイス！　こっちへ来るなんて、昨日の電話ではひと言も……」

「妻がいなくては暮らせないと、急にわかったんだよ。これからロンドンに連れて帰るところなんだ。サマーは今まで一人でがんばりすぎて、少し疲れているようだからな」

「それがいいわ」と、うなずいてから、ヘレナは思わせぶりな含み笑いをした。「でも、サマーの疲れの原因の半分は、一人きりじゃがんばれないことだったんじゃないのかしらね」

ロンドンに戻り着いた二人は、食事に出かけるというチェイスの計画を変更してサマーの手作りの料理で水入らずの祝宴を催し、その後は居間のソファーで遅くまで語り合った。そこで交わされたのが言葉だけでなかったことは言うまでもない。

「愛しておくれ、永遠に」雪のように白い妻の胸から顔を上げながら、チェイスはくぐもった声でつぶやいた。「信じるのが、いまだに怖いような気がするよ。君が、本当に僕を愛していたなんて……」

「さて、大使閣下、一度に二人の美女の祖父となられたご感想を、改めてうかがえますか？」

さも誇らしげなチェイスの口調に、サマーは声を殺して笑った。一時間ほど前に洗礼の儀式を終えた〝美女〟たちは今、祖父の両腕に一人ずつ抱かれ、生後三カ月の丸々と太った足で英国大使の体を蹴(け)飛ばしている。上機嫌の笑みを浮かべた二つの顔は、よほど注意深く観察しない限り、全く同じ顔が並んでいるようにしか見えない。

父と夫と娘たちが居間を出ていった後、サマーはソファーにゆったりと座って楽しい物思いにふけった。このバーンウェル荘も、すっかり〝家〟らしくなったものだわ。改装したてのころより、いたるところに甥たちの〝宝物〟が散らかっている今のほうが、いかにも家庭の味がする感じだ。いまに、甥たちばかりでなく私の子どもたちも……。

「何を考え込んでいるんだ?」一人で戻ってきたチェイスが笑いながらソファーに歩み寄って妻の肩を抱いた。彼は娘たちの出産の現場にも立ち会い、夫婦の絆は子どもが生まれる前よりもなおいっそう深まるばかりだ。

「あなたがどの程度、機械に強いのか、少し心配してあげてたの。あなたが修理するはずのベンの自転車は、ばらばらに解体されたまま六週間も洗濯室の床を占領しているのよ。これで息子たちから機械修理を頼まれるようにでもなったら、父親としてのあなたの威信は……」

さっとチェイスの顔色が変わった。「生まれるのか? もう、次が……」

「まだよ」サマーはにんまりと笑った。「あなたの努力が足りないんじゃなくって?」

「言ったな!」チェイスはおどけた顔でにらみつけながら妻の耳もとに顔を近づけた。「覚悟しておきたまえ。さっそく今夜から……」

「ねえ、何をひそひそ話してるの?」戸口から中をのぞき込んだベンが不思議そうに言った。「なぜ二人は、いつも顔をくっつけて、ひそひそ話すの? なぜ、べたべたとキスばっかり……」

「ヘレナ！」と、チェイスが大声でどなった。「おまえの作った騒音発生機を、さっさと家に連れて帰ってくれ。ついでに……」彼は急に声を落とし、妻の唇に甘いキスをしながらつぶやいた。「家中にいる人間を、しばらく預かってほしいよ。僕は急用を思いついたんだが、それが妻と二人きりにならないとできない用事だものだから……」

「愛してるわ、チェイス・ロリマー」と、サマーは改めて幸福を噛み締めながらささやいた。「でも今は、みんなが昼食をお待ちかねよ」

「じゃあ、後で必ず教えてくれよ、サマー。君がどれぐらい僕を愛しているのか、言葉と言葉以外の方法で、ゆっくりと教えてくれ」

後刻、サマーはもちろん言われたとおりにした。

●本書は、1987年5月に小社より刊行された作品を文庫化したものです。

脅　迫

2024年12月15日発行　第1刷

著　　者／ペニー・ジョーダン

訳　　者／大沢　晶（おおさわ　あきら）

発 行 人／鈴木幸辰

発 行 所／株式会社ハーパーコリンズ・ジャパン
東京都千代田区大手町1-5-1
電話／04-2951-2000（注文）
0570-008091（読者サービス係）

印刷・製本／中央精版印刷株式会社

表紙写真／© Maria Butrova | Dreamstime.com

ISBN978-4-596-71921-8

11月27日発売

ハーレクイン・シリーズ 12月5日刊

ハーレクイン・ロマンス

愛の激しさを知る

祭壇に捨てられた花嫁　アビー・グリーン／柚野木　菫 訳

子を抱く灰かぶりは日陰の妻　ケイトリン・クルーズ／児玉みずうみ 訳
《純潔のシンデレラ》

ギリシアの聖夜　ルーシー・モンロー／仙波有理 訳
《伝説の名作選》

ドクターとわたし　ベティ・ニールズ／原　淳子 訳
《伝説の名作選》

ハーレクイン・イマージュ

ピュアな思いに満たされる

秘められた小さな命　サラ・オーウィグ／西江璃子 訳

罪な再会　マーガレット・ウェイ／澁沢亜裕美 訳
《至福の名作選》

ハーレクイン・マスターピース

世界に愛された作家たち
～永久不滅の銘作コレクション～

刻まれた記憶　ペニー・ジョーダン／古澤　紅 訳
《特選ペニー・ジョーダン》

ハーレクイン・ヒストリカル・スペシャル

華やかなりし時代へ誘う

侯爵家の家庭教師は秘密の母　ジャニス・プレストン／高山　恵 訳

さらわれた手違いの花嫁　ヘレン・ディクソン／名高くらら 訳

ハーレクイン・プレゼンツ作家シリーズ別冊

魅惑のテーマが光る極上セレクション

残された日々　アン・ハンプソン／田村たつ子 訳